명작은 시대다

**일러두기**

* 각 장 앞에 표기한 서지 정보는 해당 작품의 단행본 출간 연도를 기준으로 하되, 연재 또는 발표와 단행본의 발행 시기가 크게 차이나는 경우 연재 기간을 밝히고 주석을 보충했다.
* 최초로 단행본을 출간한 출판사를 우선 표기했다.

# 명작은 시대다

1950년대에서 2000년대까지
시대의 창이 되어준
희대의 한국 소설 30편

심진경 · 김영찬 지음

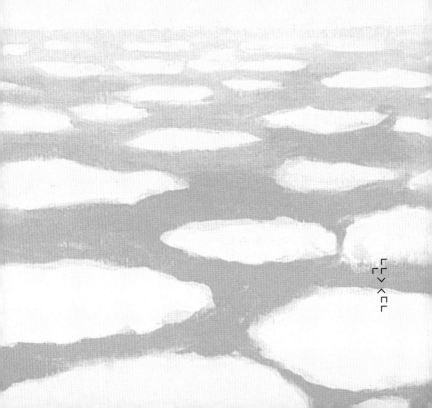

책머리에

# 뜨거운 열망의 흔적들에게

시대를 대표한 한국 소설 30편을 소개하고 가벼운 비평적 코멘트를 곁들였다. 이 책은 2017년 3월부터 9월까지 필자들이 국민일보에 번갈아 연재했던 글이 토대가 되었다. 연재분을 조금 수정하거나 새롭게 쓰기도 했고, 거기에 전경린과 백민석의 소설을 더했다.

'명작'이라는 이름으로 지난 시대의 소설을 선별하고 살펴보는 일이 어느 면에선 철 지난 기획처럼 보일 수도 있겠다. 명작의 기준은 물론이고 문학을 바라보는 관점도 이제는 많은 것이 달라졌다. 명작이라는 개념이 대변하는 문학적 권위도 불변의 것이 될 수 없다. 그럼에도 불구하고 당대의 문학장과 독자의 의식에 파장을 일으키고 시대의 변화를 대변했던 작품들이 있다. 문학사에 큰 족적을 남긴 소설은 물론이고, 시대의 흐름을 담아내고 대중적 영향력을 발휘했던 소설. 이 책이 돌아보는 것은 그런 문제작들이다.

해방 이후 한국 소설은 다양한 캐릭터들의 전시장이었다. 자유부인, 소시민, 무작정 상경 소년, 작가 지망생, 무기력한 지식인, 소설을 쓰지 못하는 소설가, 난장이, 억척 어멈, 호스티스, 청년, 혁명가, 욕망하는 여자, 싱글 레이디, 여공, 백수, 저임금 노동자 등등. 그들은 시대의 변화와 현실의 격동을 제 몸으로 살았던 문제적 인물들이다. 오래도록 한국 소설은 이들을 통해 시대의 본질과 욕망을 드러내고 주어진 현실을 넘어 새로운 삶의 가능성을 모색하려는 뜨거운 열망을 보여주고 있었다. 이 책이 기록한 것은 저 다종다기한 캐릭터들에 하나하나 스며 있는 열망의 흔적들이다. 그 흔적을 따라가다 만나게 되는 것은 무엇일까? 어쩌면 지금 우리의 모습들이 아닐까? 그렇게 삶은 계속 변화하면서도 이어진다.

2023년 11월
심진경

# 오래된 문학의 전성시대에게

해방 후 오늘에 이르기까지 한국 사회는 숨가쁜 격동과 변화의 연속이었다. 그리고 한국문학은 언제나 그런 현실의 변화에 민감했다. 한국문학은 변화하는 한국인의 삶과 운명을 들여다보는 창이었고, 변화의 물결에 휩쓸리는 대중들의 불안과 욕망을 반사하는 거울이었다. 그것은 또 더 나은 사회를 위한 운동에 자기를 내던지는 결단의 무기이기도 했고 소망하는 미래를 꿈꾸는 통로이기도 했다.

한국 소설은 그렇게 당대의 현실 및 대중의 욕망을 반영하고 소화하면서 시대와 함께 호흡했다. 문학사의 중요한 소설들은 그럼으로써 시대의 정신을 담아내는 그릇이 되었고 또 대중들의 삶의 감각과 소망을 예리하게 포착하는 시대의 창이 되었다. 명작은 그렇게 탄생한다. 명작은 시대의 정신과 공기를 문학적으로 승화해 뛰어난 문학적 가치를 일군 소설, 그리하여 현재에도 보편적 가치를 발하는 소설이다.

그러나 이 책에서 명작은 그런 의미의 소설로만 한정하지 않았다. 이른바 본격문학의 '문학성' 기준에 미치진 못하더라도 당대에 대중들의 열광을 이끌어내고 논쟁을 불러일으켰던 소설, 그럼으로써 시대의 공기를 담아내고 시대의 민감한 센서가 되었던 소설도 이 책이 주요하게 다루는 대상이다. 그렇게 한국전쟁 이후 1950년대부터 2000년대까지 역사와 현실을 가로지르며 시대와 호흡했던 30편의 명작들을 오늘의 시각에서 새롭게 조명했다.

이제 지난 시대를 풍미했던 문학의 위세는 기울었다. '문학'의 고유한 가치도, '명작'이라는 개념도 이제는 의심스러운 말이 되었다. 이 책은 그럼에도 문학이 시대의 창이자 나침반이었던 지난 시절, 오래된 문학의 전성시대를 통과해온 한국 소설의 소소한 역사의 기록이다.

2023년 11월
김영찬

심

진

경

김
영
찬

① 

정비석

─────────────────────

『자유부인』
1954, 정음사

# "자유부인"이라는 공공의 적

정비석의 『자유부인』은 1954년 서울신문에 연재되어 엄청난 센세이션을 불러일으킨 작품이다. 『자유부인』은 원래 150회로 기획되었으나 215회로 늘려 연재할 정도로 많은 인기를 누렸으며, 연재가 끝나자 가판에 유통되는 신문이 5만 부나 줄어들었을 정도로 대중의 절대적 지지를 얻었다. 게다가 연재가 끝난 직후 단행본으로 출간되고 곧바로 연극과 영화로 만들어져 더욱 장안에 화제가 되었다. 특히 영화 〈자유부인〉은 '최고급품' '댄스는 민주 혁명의 제일보' '자유부인' 등의 유행어를 낳기도 했다.

이 유행어들은 미국 문화의 유입으로 급격하게 변화하기 시작한 전후 한국의 상황을 집약적으로 보여준다. 1950년대 한국은 '꿀꿀이죽'으로 연명해야 할 만큼 가난한 나라였지만 미국의 원조 물자와 미군 피엑스에서 흘러나온 미제 물건이 넘쳐났다. 게다가 미도파백화점과 동화백화점이 개점해 사치품과 고급품을 팔기 시작하면서 대다수 한국인의 물질적인 욕망은 더욱 부추겨졌다. 거기에다가 미군정의 영향으로 댄스홀이 성행하면서 중·상류 계층 여성들의 사교장이 되기도 했다. 그러나 최고급품과 댄스로 상징되는 미국 문화의 급격한 유입은 많은 사건 사고를 야기하기도 했는데, 대개는 밀수나 간통과 관련된다. 실제로 당시에 부산에서만 한 달에 100건이 넘는 밀수가 적발되었으며 밀수에 손을 댔다가 사기를 당해 자살하는 사람도 많았다.

『자유부인』의 배경에는 그런 현실 속에서 당시 큰 사회적 문제로 부상했던 '춤바람'의 유행이 있다. 특히 박인수 사건은 엄청난 파장을 불러일으킨 스캔들이었다. 1955년에 혼인빙자간음죄로 기소된 박인수는 2년간 댄스홀에서 만난 70여 명의 여성과 관계를 가졌는데 상대 여성들이 모두 양갓집 규수, 장관집 자제들과 이화여대 학생들이었다는 사실이 언론 보도를 통해 알려지면서 큰 파문을 일으켰다.

그런데 이 사건에서 정작 비난의 대상이 된 것은 피해 여성들이었다. 결국 박인수는 무죄 석방되는데, '순결한 여성의 정조만을 법은 수호한다'는 말을 낳은 이 사건은 댄스홀에 가는 여성에 대한 부정적인 시선을 더욱 공고히 한 사건이었다.

정비석의 『자유부인』은 사치와 향락, 성적·도덕적 타락이 범람하는 이러한 전후의 서울을 배경으로, 서로 이질적인 것들이 마구 뒤섞이고 화학작용하면서 새로운 가치와 도덕률을 만들어가는 세태를 매우 흥미롭고 역동적으로 그려낸다.

『자유부인』은 춤바람이 난 교수 부인 오선영의 탈선을 묘사한다. 소설에서 오선영의 탈선 상대는 신춘호·백광진·한태석이라는 이름의 남자로, 그녀가 이 세 남자와 차례로 만나고 헤어지는 과정이 그대로 소설의 플롯이 된다.

문제는 이들 세 남성 인물이 당시 많은 논란이 되었던 부정적인 시대상을 구현하는 존재라는 점이다. 그들은 각각 사치와 향락, 도덕적 타락, 정재계의 비리를 상징적으로 구현하고 있다. 이는 그들의 별칭이 '바람둥이'(신춘호) '협잡꾼'(백광진) '사바사바 대장'(한태석)이라는 데서도 짐작할 수 있다. 그런 점에서 오선영의 탈선 과정은 바로 이 향락과 사기, 음모와 아첨이 난무하는 타락한 사회 현실과의 만남이기도 하다.

그럼에도 불구하고 소설에서 이 남자들은 아무런 벌도 받지 않는다. 바람둥이는 미국 유학을 계기로 개과천선하고, 사기꾼은 어떤 피해도 입지 않은 채 도망가고, 오선영을 타락의 종착지로 이끈 사바사바 대장은 언제나처럼 아첨과 아부로 부인과 화해한다. 그 대신 오선영과 그녀의 동창생인 최윤주가 이 모든 죄의 대가를 치른다. 오선영은 집에서 쫓겨나고 최윤주는 낙태와 파산을 거쳐 자살로 생을 마감한다.

『자유부인』에서 작가가 그리는 것은 혼란스러운 전후의 사회적 변화다. 그러나 그것을 바라보는 작가의 시선에는 두려움과 불안감 거부감이 뒤섞여 있는데, 그 불안과 동요는 이 소설에서 여성의 성적 타락과 도덕심 붕괴, 사치와 향락, 허영을 비난함으로써 해소된다. 소설의 제목이기도 한 "자유부인"이라는 형상은 그런 전후의 극적인 사회 변화가 야기하는 불안감과 공포심을 해소하기 위해 선택된 희생양이라고 할 수도 있다. 이렇듯 이 소설은 당대의 부정적 상황을 그대로 여성의 성과 육체 위에서 반복하고 모방함으로써 현실 사회의 여러 문제들을 '여성적'인 것으로 만든다. 그렇게 전후의 혼란으로 야기된 모든 잘못은 여성에게 돌려진다.

『자유부인』의 여성 인물들은 타락하고 혼란스러운 현실의 상징이다. 여주인공 오선영은 타락한 남성들과의 만남을 통해 당대 사회의 악덕과 문제를 재연하는 존재로 그려진다. 반면 작가가 그녀의 남편인 교수 장태연을 그리는 방식은 사뭇 다르다. 그는 권위 있는 (사회적) 가부장의 지위를 회복함으로써 그러한 문제적 현재를 해결할 수 있는 대안적 미래를 상징한다. 그러나 소설에서 장태연으로 상징되는 가부장 남성의 문제 해결 방식은 옛것의 고수와 복원에 불과하다. 그것은 그가 한글 문법으로 상징되는 한민족 고유의 정신적 가치를 고집스럽게 고수하는 데서도 분명하게 드러난다.

소설 결말 부분에서 장태연은 국회 공청회 연설에서 당시 실제로 이승만이 주창한 '한글 간소화 운동'에 반대를 표명한다. 한글 간소화 운동이란 구한말 성경 맞춤법으로 돌아가 맞춤법을 지킬 필요 없이 소리 나는 대로 표기하자는 주장이었는데, 심지어 영어의 알파벳처럼 자음과 모음을 풀어서 쓰려는 시도도 있었다. 장태연은 이에 맞서 기존 한글 문법의 중요성을 강조한다. 작가는 그러면서 고리타분하고 봉건적인 한글학자 장태연을 영웅적인 모습으로 그리고 있다. 그리하여 오선영이 남편의 용서를 받고 그리운 옛집으로 향하는 소설의 결말은, '옛집'과 '옛 품'으로 상징되는 전통적 가치의 부활과 재발견만이 타락한 현재를 해결할 수 있음을 암시한다. 소설에서 타락한 현재가 여성의 것으로 그려졌다면, 여성으로 인해 타락한 현실의 문제를 해결할 수 있는 과거와 미래의 가치는 남성의 것으로 그려지는 것이다.

결국 『자유부인』에서 전후의 혼란 속에서 직면하게 된 낯설고 새로운 가치는 그렇게 효과적으로 제거되거나 억압된 채 익숙하고 낡은 가치체계 속에 담겨 왜곡되고 만다. 그러한 왜곡을 위해 작가가 동원한 방법론은 '여자들의 자유와 행복이란 오로지 결혼이라는 토대 위에서만 성립한다'고 믿는 낡은 남성중심적 의식이다. 이 점은 작가의 현실 인식과 전망의 한계를 그대로 보여준다.

이러한 분명한 한계에도 불구하고 분명 『자유부인』은 "자유부인"이라는 새로운 여성 이미지를 창조하고, 그로써 다양한 사회 현실의 문제를 진단하고 조망할 수 있도록 했다는 점에서 탁월한 시대감각을 발휘한 소설이다. 그것은 아마도 정비석의 대중적 감각과 정치적 감각의 조화에서 비롯된 것일 터다. 그러나 이러한 시대감각이 새로운 현실 인식으로 나아가지 못한 채 관습적 통념에 갇히고 만 것은, 결국 그의 여성 의식이 사회적 통념 수준을 뛰어넘지 못하는 낡은 것이었기 때문이다.

①
황순원

『나무들 비탈에 서다』
1960, 사상계사

# 전쟁의 허무와 그 불만

전후 한국 사회는 전쟁의 후유증을 극심하게 앓았다. 모든 것이 무너지고 파괴되었고 가치의 혼란과 무력감, 바닥없는 절망과 피해의식은 시대의 정신을 지배했다. 한편으론 미국 소비주의의 영향으로 퇴폐와 향락이 만연했고 절망과 허무를 자양분 삼아 실존주의가 유행처럼 번지기도 했다. 그리고 그 모든 것의 배후에 참혹한 전쟁의 상처가 있었다.

이 시대의 문학은 그런 절망과 허무의 황폐 한가운데서 자라나온 상처의 문학이다. 예컨대 대표적인 전후 작가인 손창섭의 소설에서 전쟁의 상처는 기괴하게 뒤틀린 인물들의 모습에 새겨진다. 그들은 모두 팔다리를 잃었거나 정신병자거나 아니면 폐병 환자 간질병자 등으로, 몸과 마음이 철저하게 망가진 인간들이다. 「비 오는 날」「혈서」등으로 대표되는 그의 소설은 저 망가진 인간들의 자기모멸과 혐오로 가득하다. 먹고 배설하고 잠자는 것만이 일상의 전부인 무가치한 삶을 마지못해 이어가는 인간들. 손창섭이 볼 때 그들은 동물과 다름없는 존재들이고, 심지어는 '박테리아'(「미해결의 장」)다.

전후 신세대 작가인 손창섭은 전쟁의 살육과 참화를 겪은 당대 젊은 이들의 의식을 지배한 허무와 마음의 폐허를 그렇게 기괴한 방식으로 대변했다. 그렇다면 희망은 어디에 있는가? 이 절망적인 상처의 아픔을 딛고 우리는 어떻게 살아야 할 것인가? 당대의 많은 작가를 사로잡은 질문은 아마도 그런 것이었겠다. 그리고 「별」과 「소나기」의 작가 황순원도 거기서 예외가 아니었다. 전후의 막바지에 발표된 황순원의 『나무들 비탈에 서다』는 그 질문에 대한 문학적 응답이다.

『나무들 비탈에 서다』는 전쟁의 상처에 짓눌려 자기를 죽음과 파괴의 지경으로 몰아가는 젊은이들의 절망과 방황을 그린 소설이다. 1960년 출간된 이 작품은 1968년 이순재와 문희가 주연을 맡아 영화화되기도 했다. 전쟁을 겪고 난 젊은이들의 방황과 소외라는 주제에 매료되었다는 감독 최하원의 회고는 당시 이 작품이 지녔던 호소력을 잘 설명해준다.

소설은 이렇다. 1953년 휴전을 전후한 시점, 전장에 내몰린 순수한 청년 동호가 주인공이다. 그는 오직 생존을 위한 냉정함과 민첩함만이 요구되는 군 생활에 적응하지 못하고 두고 온 애인 숙과의 순결한 사랑만을 애타게 갈망한다. 그런 그가 생사가 갈리는 전쟁터의 비인간적인 생존 논리에 적응하지 못했던 건 당연지사. 마침 그런 동호의 병적인 결벽성을 비웃던 동료 현태는 그를 타락시키기 위해 집요하게 술집 작부와의 잠자리를 권유한다. 결국 동호는 현태의 장난에 휘말려 작부 옥주와의 육체적 관계에 빠져들고, 죄의식에 시달리다가 옥주의 방에 총기를 난사하고 스스로 목숨을 끊는다.

동호가 그렇게 죽고, 전쟁이 끝난 후 현태의 이야기가 이어진다. 현태는 동호와는 상반되는 냉정하고 현실주의적인 인물이다. 그는 작전에 방해된다는 이유로 무고한 여인을 아무런 죄의식 없이 살해하고 순수한 동호를 타락시켜 결국 죽음에까지 이르게 한다. 그러나 그런 그도 전쟁의 상처를 피해 가진 못한다. 전쟁이 끝나고 일상에 복귀해 살아가던 현태는 어느 날 우연히 아이를 안은 여인을 보고 난 후부터 자신이 전장에서 살해한 여인에 대한 죄의식에 시달린다. 고통을 잊기 위해 술과 여자에 빠져 스스로를 극단적인 권태와 허무의 구렁으로 몰아가던 그는 결국 한 여자의 자살을 방조한 혐의로 구속되는 파국을 맞는다.

『나무들 비탈에 서다』가 부각하는 것은 전쟁의 후유증으로 깨어지고 파괴되는 청춘의 비극이다. 황순원은 소설에서 젊은이들을 짓누르는 상황의 압박을 '두꺼운 유리'라는 상징으로 압축한다. 그들은 시종 엄청나게 두꺼운 유리 속에 자신이 들어가 있다는 느낌에 억눌린다. 그래서 그들은 숨막히고 불안하다. 순수한 내면을 지닌 인물인 동호도, 그의 결벽성을 비웃었던 현태도 모두 스스로를 죽음과 파멸로 몰아간다. 전쟁은 그렇게 청춘을 파괴한다. 그렇다면 희망은 어디에 있는가?

남자들은 죽거나 파멸하고 여자만 남는다. 그녀는 죽은 동호가 그리워하던 애인 숙이다. 그녀는 전장에서 복귀해 방황하던 현태에게 겁탈당해 원치 않는 임신까지 하게 된 터다. 숙은 전쟁의 후유증으로 파괴된 남자에게 또다시 파괴당하는 피해자다. 황순원은 남자들이 죽음과 방탕으로 무책임하게 방기해버린 상처의 극복이라는 전망을 그런 숙에게서 찾는다. 그녀는 현태의 아이를 낳아 기르겠다는 어려운 결심을 하는데, 그것은 상처를 자기 것으로 끌어안고 감당해나가겠다는 의지의 표현이다. 주어진 상처를 회피하지 않고 끌어안는 책임의식. 황순원은 거기에서 상처의 치유와 극복의 가능성을 찾았다.

오늘의 시점에서 다시 읽으면 이 휴머니즘적인 결론은 어딘가 상투적이다. 상처의 치유와 구원의 가능성을 여성에게서 찾는 것도 너무나 익숙한 방식이다. 그럼에도 이러한 결론은 당대에 무시할 수 없는 설득력과 호소력을 발휘했다. 흥미로운 것은 여기에 숨어 있는 또하나의 메시지다.

황순원은 해방 이전에 등단한 구세대 작가였다. 당시 신세대 작가들이 6·25를 원초적 충격으로 받아들였던 반면, 기성세대로서 전쟁을 체험했던 황순원은 그와는 일정한 거리를 취하고 있었다. 젊은이의 고뇌와 방황을 바라보는 시각도 그와 무관하지 않다. 이 작품이 시대의 상처를 앓는 청춘을 바라보는 기성세대의 전형적인 태도를 보여주는 것도 그 때문이다. 어떤 측면에서?

　　동호와 현태는 어찌됐든 전쟁의 희생자들이지만, 작가는 그들의 죽음과 파멸을 단지 전쟁이라는 외부적 요인에서만 찾지 않는다. 원인은 그들 내부에도 있다. 무엇보다 동호는 자기만의 환상에 몰입해 현실에 제대로 적응하고 대처하지 못하는 나약한 인물이다. 겉보기에 그와 판이한 캐릭터인 현태는 또 어떤가. 그 또한 과도한 자의식에 탐닉해 상처를 회피하고 타락해간다는 점에서 나약하긴 마찬가지다. 그들은 모두 비겁하고 나약한 자들이다. 마침 숙도 둘 모두를 자기 자신에게서도 도피하려고 하는 구원받을 수 없는 인간이라고 비판한다.

　　이렇게 황순원은 젊은이들을 절망과 방황으로 몰아간 전쟁의 파괴적인 영향에 비판의 화살을 겨누면서도 다른 한편으로는 그런 현실의 압박에 성숙하게 대처하지 못하는 젊은이들의 현실 과장과 과도한 자의식을 문제삼는다. 이 소설 이전에 황순원은 방황하는 젊음에 대한 그런 식의 비판적 시각을 단편 「내일」에서 화자의 입을 빌려 이렇게

발설했다. 실존주의의 유행에 휩쓸리는 전후의 신세대들을 향한 발언
이다.

　그대들이 말하는 불안이니 절망이니 하는 어구들이 불행하게도 내게는
아무런 실감으로 오지 않는다. 그것은 그대들이 말하는 어구들이 아직 그
대들 자신에 의해 육체화가 돼 있지 않기 때문이다.


　이러한 비판은『나무들 비탈에 서다』의 인물들에게도 해당되는 얘
기다. 허무주의적인 자의식 과잉에 빠져 방황하며 삶의 진실과 몸으
로 맞서기를 회피하는 현태에 대한 작가의 시선이 바로 그렇다. 구세
대로서 황순원은 전후의 절망하는 청춘들을 나름으로 이해하면서도
아마도 그들이 짊어졌던 불가피한 미성숙과 거기서 오는 들끓는 동요
를 깊이 이해하기는 힘들었을 것이다. 그래서인지도 모른다. 전쟁의
파괴성과 청춘의 방황을 묘사하는『나무들 비탈에 서다』의 서술은 어
딘지 추상적이고 관념적이다.


　그럼에도 이 소설은 흥미롭다. 젊은 세대를 대하는 기성세대의 가
장 전형적이면서도 보수적인 시각을 문학적 방식으로 예시하기 때문
이다. 이 소설에는 전쟁 직후 젊은이들이 겪은 상처와 허무, 절망을 바
라보는 기성세대의 시선이 담겨 있다. 그것은 젊은 세대의 나약함과
무책임함에 대한 비판이다. 그리고 세월이 흘러 황순원이 비판했던

저 전후의 젊은 세대들은 나이를 먹고는 그 뒤를 이어 등장한 1960년대의 신세대들을 똑같은 논리로 비판한다. 젊은 세대는 역사와 현실에 대한 책임의식이 없고 엄살만 늘어놓는다는 식이다. 이는 다시 오늘날 2020년대의 기성세대가 다음의 젊은 세대를 바라보는 시각이기도 하다. 구세대의 불만은 여전하고, 역사는 또 그렇게 반복된다.

②

김승옥

---

『서울, 1964년 겨울』
1966, 창우사

# 불안한 청춘의 표정과 부끄러움

『서울, 1964년 겨울』은 1966년에 나온 김승옥의 첫 단편집이다. 이 책은 이듬해 말까지 일간지가 발표하는 베스트셀러 목록에 꾸준히 오를 만큼 오랫동안 화제가 되었다. 그리고 작가 김승옥은 같은 해 대중 종합잡지『주간한국』에서 실시한 '지식인 100인의 선정 오늘의 작가 5인'이라는 설문조사에서 가장 많은 표를 얻어 1위를 차지하기도 했다. 그만큼 김승옥의『서울, 1964년 겨울』은 대중적으로 가장 사랑받는 소설집이었다. 그때 그의 나이가 고작 스물다섯 살이었다. 특히 표제작인「서울, 1964년 겨울」은 1965년 동인문학상을 수상했고, 같이 실린「무진기행」은 지금까지도 작가 지망생들이 가장 필사하고 싶은 작품 투표에서 1위를 할 만큼 사랑받고 있다. 당대 이 책의 대중적 인기는 대단한 것이어서, 청춘영화에 등장하는 대학생들이 이 책을 옆구리에 끼고 있는 장면을 클로즈업으로 보여줄 정도였다. 그렇다면 김승옥 소설의 무엇이 당시는 물론 지금까지도 독자들에게 감동을 주는 것일까?

김승옥 소설을 한마디로 요약하면 '시골에서 상경한 촌놈'의 서울 적응기다. 5·16군사쿠데타 이후 한국 사회는 근대화의 물결에 휩쓸렸다. 대중은 삶의 급격한 변화를 몸으로 실감하면서 근대화에 대한 어렴풋한 기대와 불안에 사로잡혔다. 서울은 그 근대화의 중심이었고 모든 욕망이 집결하는 장소였다. 책에서 읽고 배운 높은 이상에 대한 기대를 품고 시골에서 서울로 유학 온 순수한 대학생들은 서울살이의 혼란을 겪으며 이내 절망한다. 그들이 애초 품었던 높은 기대와 이상은 차가운 환멸로 뒤바뀐다. 그들이 경험한 서울은 세속적인 욕망만이 지배하는 천박한 속물들의 전쟁터일 뿐이었다.

그럼에도 그들은 그 속에서 어떻게든 살아남아야 한다고 생각한다. 그들은 "죽는 날까지 이 서울에서 내 힘으로 살아가야 한다는 절망감"(「역사」)에 사로잡힌다. 그렇다면 이 냉혹한 세상을 어떻게 견디면서 살아낼 것인가? 이 질문이 김승옥 소설의 청춘들을 사로잡고 있다.

김승옥의 소설이 보여주는 것은 불안에 흔들리고 부서지는 저 절망한 청춘들의 내면 풍경이다. 세상은 불안정하고 자기의 미래는 더 불확실하다. 그 속에서 그들은 심정적으로 받아들일 수 없는 서울의 삶에 그래도 적응하기 위해 몸부림친다. 한편으로 안정된 세속적 삶에 대한 욕구를 차마 버리진 못하면서도 그것이 요구하는 속물적인 생존 방식에 대해서는 극도의 거부감을 보인다. 순수했던 청춘의 내면은 그렇게 분열된다. 그들의 내면은 순응과 거부, 체념과 환멸, 자학과 위악, 불안과 무관심 사이를 끊임없이 오가는 복잡 미묘한 감정의 무늬로 채워진다. 김승옥이 그려놓은 것은 거대한 혼돈으로 들끓는 저 청춘의 표정이었다.

그 불안한 청춘의 내면을 김승옥은 "자기세계"라고 불렀다. "자기세계"란 무엇인가? 그것은 남의 세계와는 다른, "함락시킬 수 없는 성곽과도 같은 것"이다. 그러나 그곳은 "곰팡이와 거미줄"이 쉴새없이 자라나는 습하고 음침한 곳이기도 하다. 그에 대해 「생명연습」의 '나'는 이렇게 말한다.

하나의 세계가 형성되는 과정이 한마디로 얼마나 기막히다는 것을 나는 잘 알고 있다. 그 과정 속에는 번득이는 철편(鐵片)이 있고, 눈뜰 수 없는 현기증이 있고, 끈덕진 살의가 있고, 마음을 쥐어짜는 회오(悔悟)와 사랑도 있는 것이다.

이 "자기세계"는 우리가 아는 통상적인 자기 세계와는 거리가 멀다. 그것은 냉정함과 공포, 적대감과 후회, 사랑과 증오 같은 이질적이고 모순적인 감정들로 이루어진 기이한 세계다. 그 모순적인 감정들로 "부글부글 끓어오르는 내부"를 "무관심한 표정으로 가려버리는 법"(『환상수첩』)을 터득했을 때 비로소 "자기세계"는 완성된다. 김승옥의 인물들은 그처럼 냉정과 무관심의 가면을 쓰고 연기를 하며 살아가는 삶을 선택한다. 그래야 이 냉혹한 서울의 삶에 적응할 수 있다고 생각하기 때문이다.

「서울, 1964년 겨울」의 늙은 대학원생 안과 구청 공무원 '나'는 이러한 연기의 삶이 어떤 것인지를 보여준다. 그 둘은 우연히 만나 술을 마시며 무의미한 대화를 나눈다. 그들은 이 세계에 아무런 관심도 호기심도 없다. 그들이 관심을 갖는 것은 오직 자기만이 알고 있는 사소한 것들이다. 예컨대 지난 14일 저녁 아홉시에 단성사 옆 골목 쓰레기통에 초콜릿 포장지가 두 장 있었다는 사실 같은 것. 그렇게 남들이 모르는 사소한 것에만 집착하는 이들의 포즈 자체가 냉정한 무관심을 연기하는 그들의 방식이다. 그럼으로써 그들은 자기의 불안과 미래에 대한 공포를 잠재우면서 자기를 지키기 위해 분투한다.

기대와 포부로 충만한 젊음의 가능성을 저당잡히고 자기 안의 젊음을 말소해버린 청춘. 그들에게 남은 것은 오직 세상에 대한 체념과 냉소뿐이다. 그에 절망한 인물은 자살하거나 그렇지 않으면 젊음의 순수와 열정을 버리는 대가로 적응하고 살아남는다. 그리고 살아남은 자들도 끊임없이 그런 자신을 비판적으로 응시한다. 그들은 자신을 "늙어버린 원숭이"(「환상수첩」)라고 말한다.

"김형, 우리는 분명히 스물다섯 살짜리죠?"

"난 분명히 그렇습니다."

"나두 그건 분명합니다." 그는 고개를 한 번 갸웃했다.

"두려워집니다."

"뭐가요?" 내가 물었다.

"그 뭔가가, 그러니까……" 그가 한숨 같은 음성으로 말했다. "우리가 너무 늙어버린 것 같지 않습니까?"

"우린 이제 겨우 스물다섯 살입니다." 나는 말했다.


그들은 너무 일찍 시들었고 너무 빨리 늙어버렸다. 김승옥 소설 속 인물들의 내면은 이 조로한 청춘의 상실의 감각으로 가득하다. 4·19혁명에서 섬광처럼 보았던 어떤 가능성이 5·16군사쿠데타로 스러져버린 후 숨막히는 좌절의 시대를 견뎌야 했던 청춘의 체념과 절망. 김승옥 소설의 이면에 숨어 있는 것은 바로 그러한 시대 상황이다.


그렇다면 이들은 그후 어떻게 살았을까? 이들이 냉혹한 세상의 질서에 가까스로 적응해 성공한 후 문득 자기의 과거를 되돌아본다면? 「무진기행」은 시골에서 상경해 그렇게 성공한 촌놈이 과거의 기억이 묻어 있는 고향(시골)을 다시 찾아가는 이야기다. 「무진기행」은 지금도 한국 단편소설의 걸작으로 널리 읽히지만 발표가 되기도 전에 사장될

뻔한 사연이 있다. 당시 하룻밤 동안 이 작품을 써내려간 김승옥이 완성된 원고를 그의 친구인 평론가 김현에게 보여주자 작품이 별로라며 찢어버리라고 했다는 것이다. 작가는 후일 원고료가 아쉬워 차마 찢어버리지 못하고 투고를 했다고 회고한다.

성공한 촌놈이 고향을 찾는다. 그곳이 무진이다. 제약회사 사장의 딸과 결혼해 전무 자리에까지 오른 윤희중에게, 고향은 이미 넉넉하고 아늑한 마음의 안식처가 아니다. 그곳 역시 서울의 삶을 모방하는 속물들이 득세하는 또하나의 속물적 세계일 뿐이다. 그곳의 '외롭게 미쳐가는' 것들 속에서 윤희중은 지워버리고 싶은 자기의 과거와 마주친다. 그가 무진에서 만나 사랑을 나누는 음악 교사 하인숙이 그중 하나다. 그녀는 자기를 서울로 데려가달라고 말한다. 그녀는 고향을 벗어나 서울로 탈출하기를 꿈꿨던 자기의 분신 같은 존재다. 그는 결국 서울로 데려가주겠다는 하인숙과의 약속을 지키지 않고 그녀 몰래 서울로 올라간다. 그러면서 그는 무슨 생각을 하고 있었을까?

덜컹거리며 달리는 버스 속에 앉아서 나는, 어디쯤에선가, 길가에 세워진 하얀 팻말을 보았다. 거기에는 선명한 검은 글씨로 '당신은 무진읍을 떠나고 있습니다. 안녕히 가십시오'라고 씌어 있었다. 나는 심한 부끄러움을 느꼈다.

윤희중은 부끄러움을 느낀다. 그런데 이 부끄러움은 사실 윤희중 혼자만의 것은 아니다. 그것은 김승옥 소설 속 청춘들이 서울에서 살아남기 위해 위장과 위악을 무기로 자기의 순수한 꿈과 열정까지도 파괴하면서 헤쳐나온 그 시간들에 대한 부끄러움이다. 김승옥의 소설은 세상의 질서에 어쩔 수 없이 순응하면서도 그런 자신을 자학하는 인물들의 분열된 내면을 고통스럽게 응시한다. 윤희중의 부끄러움은 1960년대 개발독재 시기 세상의 질서에 그렇게 순응하며 살아남았던 작가 자신의 부끄러움이다. 그리고 그것은 그의 인물들 모두가 내면 깊숙이 끌어안고 있는 한줌의 윤리이기도 하다.

물론 냉정하게 보면 김승옥의 소설에서 그 부끄러움의 윤리는 여성의 훼손을 딛고 선 지극히 남성중심적인 것이다(창녀와 교환의 대상이 된 「환상수첩」의 선애는 자살하고 「건」의 윤희 누나는 윤간당하며 「무진기행」의 하인숙은 버려진다). 그럼에도 불구하고 오늘의 한국 사회에서는 그 한줌의 부끄러움조차 희귀한 것이 되어버렸다. 생존과 성공만이 제1의 가치가 되어버리고 그것을 구실로 모든 불의와 몰상식이 정당화되는 오늘의 세태를 돌아보면 특히 그렇다. 한국 사회는 부끄러워하는 능력조차 상실해버렸다. 김승옥의 소설이 오늘의 독자에게 주는 울림이 가볍지 않은 이유다.

② 

최인훈

---

『회색인』
1967, 신구문화사[*]

1963년 6월부터 1964년 6월까지 『세대』에 「회색의 의자」라는 제목으로 연재되었다.

단행본으로는 1967년 신구문화사에서 처음 출판되었다.

# 불가능한 혁명과 고독한 드라큘라

1960년 이승만 정권의 부정선거를 계기로 촉발된 4·19혁명은 자유와 평등에 대한 대중적 열망의 분출이었다. 그러나 혁명의 열기는 채 1년도 되지 않아 5·16군사쿠데타에 의해 좌절됐다. 한국 사회를 민주적으로 개조할 수 있는 가능성이 열리자마자 순식간에 닫혀버린 셈이다. 많은 지식인은 좌절했고 한편으론 막연한 기대와 동요, 불안과 체념의 한가운데서 서성이고 있었다.

최인훈의 장편소설『회색인』은 이런 분위기 속에서 발표됐다. 그의 첫 장편인『광장』이 발표되던 1960년 당시의 분위기와는 천양지차인 셈이다. 그때 최인훈은『광장』의 서문에서 이렇게 말하고 있다.

아시아적 전제(專制)의 의자를 타고 앉아서 민중에겐 서구적 자유의 풍문만 들려줄 뿐 그 자유를 '사는 것'을 허락지 않았던 구정권하에서라면 이런 소재가 아무리 구미에 당기더라도 감히 다루지 못하리라는 걸 생각하면서,

빛나는 4월이 가져온 새 공화국에 사는 작가의 보람을 느낍니다.

그러나 5·16군사쿠데타 이후 '광장'을 가득 채웠던 저 뜨거운 흥분과 열기는 차갑게 식어버렸다. 자유는 질식당했고 보람은 배반당했다. 작가를 사로잡은 것은 혁명이 좌절된 후의 회의와 절망이었다. 『회색인』에는 그러한 작가의 심경과 갈 길에 대한 모색이 담겨 있다. 일반적으로 『회색인』은 『광장』만큼 잘 알려져 있진 않지만 사실은 『광장』보다 문학적으로 뛰어난 소설이다. 『광장』에 나타나는 현실 인식의 단순함이나 서툰 관념의 과장이 상당 부분 극복되었고 한국의 현실에 대해 보다 폭넓고 깊은 사유가 펼쳐진다.

그런데 소설의 제목이 왜 "회색인"인가? 일찍이 괴테는 『파우스트』에서 메피스토펠레스의 입을 빌려 이렇게 말한 바 있다. "여보게, 모든 이론은 회색이고 영원한 건 오직 저 푸른 생명의 나무뿐이라네." 최인훈에게 4·19혁명이 약동하는 푸른 생명이었다면, 그 모든 것이 스러지고 난 지금 남은 것은 잿빛뿐이다. 그리고 그 잿빛의 시간은 회의와 좌절이 지배하는 황혼의 시간이다. 그러나 다른 한편으로 그 시간은 냉철한 이성이 활동하는 시간이기도 하다. 『회색인』은 회의와 좌절에 사로잡힌 무력한 자아가 한국 사회를 지배했던 거대한 혼돈과 절망을 냉철한 이성으로 파헤쳐나간 끈질긴 탐구의 기록이다.

작품의 배경은 1958년 가을에서 1959년 여름까지다. 4·19혁명이 발발하기 직전인 셈이다. 4·19혁명 직전을 작품의 배경으로 삼은 데는 이유가 있다. 거기에 숨어 있는 것은 혁명이 왜 좌절할 수밖에 없었는가를 분석하려고 하는 작가의 의도다. 한국 사회에서 혁명은 과연 가능한가, 불가능한가? 혁명은 불가능하다. 그렇다면 나는 대체 무엇을 해야 하는가? 최인훈이 『회색인』의 중심에서 묻고 있는 물음은 이런 것이다.

소설은 주인공인 독고준과 친구인 김학 그리고 그 주변의 인물들 사이에 펼쳐지는 정치 토론과 그것을 매개로 촉발되는 독고준의 상념을 큰 축으로 펼쳐진다. 소설 속에서 인물들은 혁명의 가능성과 불가능성을 주제로 치열한 논쟁을 벌인다. 그리고 독고준은 혁명을 불가능하게 하는 한국 사회의 온갖 적폐를 하나하나 지목하면서 치열한 비판적 논리를 전개한다. 그리고 소설의 다른 한 축에서는 북한에서 월남하기 전 독고준의 유년기 경험과 그로 인해 형성된 고독한 정신의 풍경이 현란하게 그려진다.

소설에서 독고준과 김학 그리고 그 친구들의 모임인 '갇힌 세대' 동인이 벌이는 토론의 주제는 한국의 정치·경제·문화·예술 등 모든 분야에 걸쳐 있다. 그들을 사로잡은 것은 절망적인 감옥 안에 갇혀 있다는 자의식이다. 혁명은 불가피하다. 하지만 한국의 열악하고 후진적인 조건과 잠자는 국민들의 의식은 혁명을 허락하지 않는다. 그럼에도 불구하고 혁명이 필요하다면 어떻게 해야 할 것인가? 독고준은 이들 대학생들의 토론의 풍경을 이렇게 요약한다.

　혁명. 피. 역사. 정치. 자유. 그런 낱말들이 그들의 자리를 풍성하게 만들고 있었으나, 그것들이 장미꽃, 저녁노을, 사랑, 모험, 등산 같은 말과 얼마나 다른지는 의문이었다. 왜냐하면 그들에게는 그 무거운 낱말들—혁명, 피, 역사, 정치, 자유와 같은 사실의 책임을 질 만한 실제의 힘이 없었기 때문이다. 그들이 지배할 수 있는 것은 언어뿐이었다. '사실'에 영향을 주고, '밖'을 움직이는 정치의 언어가 아니라 제 그림자를 쫓고 제 목소리가 되돌아온 메아리를 되씹는 수인(囚人)의 언어 속에 살고 있었다. 그 속에서 그들이 몸부림치면 칠수록 현실은 더욱 멀어 보였다.

　혁명과 자유를 책임질 힘을 갖지 못한 무력한 언어의 한계. 실제 현실에서 대학생들이 주도했던 4·19혁명이 끝까지 지속되지 못하고 물리적 힘에 의해 좌절되었음은 모두가 알고 있다. 작가는 혁명 이전 대학생들의 토론에서 거꾸로 그들이 주도한 4·19혁명의 한계를 이런 방식으로 환기하고 있었다. 독고준의 입장은 분명하다. 혁명은 불가능하다는 것이다. 왜 그런가? 그에 따르면 한국 사회는 "무슨 일을 해보려 해도 다 절벽인 사회"이고 그래서 "한두 사람 힘으로는 어쩔 수 없는 시대"다. 그리고 "한국인의 정신 풍토는 나침반과 시계가 없는 배"

같은 것이어서, "참으로 더러운 시대 못난 지역의 주민이 우리다". 또 그는 말한다. "이 땅은 구조할 수 없는 땅이야. 한국. 세계의 고아. 버림받은 종족. 동양의 유태인."

　그래서 어쩌잔 말이냐는 김학의 물음에 독고준은 '사랑과 시간'만이 대안이라고 답한다. 회의와 권태의 의자에 주저앉아 오직 유일한 구원이 되어줄 '사랑'을 기다리자는 것이 독고준의 주장이고 그것이 또 작가의 생각이다. 이는 물론 당시 한국 사회의 후진성에 대한 냉철한 인식과 깊은 회의에서 비롯된 것이다. 하지만 지나치게 자학적이고 체념적인 비관이 아니냐는 의문에서 자유롭지 않은 것도 사실이다. 중요한 것은 그런 상황에서 최인훈이 지키고자 했던 최후의 보루가 다름 아닌 개인의 가치와 정신의 자유였다는 점이다. 그것은 이 열악한 현실을 견디고 초월할 수 있게 하는 힘이며 '사랑과 시간'은 바로 그것의 상징이다. 그중에서도 특히 구원으로서의 사랑은 『광장』에서부터 일관된 최인훈의 문학적 지향이었다. 그러나 그 사랑이란 현실과 유리된 상상 속의 주관적 유토피아에 불과한 것은 아닌가? 그럼으로써 옹호되는 자아란 자기 안에 갇혀 타자와의 연대를 배제하는 자기중심적인 것은 아닌가?

　그런 의문도 뒤따르지만, 소설에 따르면 '에고'와 '사랑'에 대한 독고준의 집착은 하루아침에 형성된 것이 아니다. 그는 북한 W시에서 보낸 유년기를 회상한다. 아버지가 월남했다는 이유로 '반동적 가족성분'의 낙인이 찍힌 어린 독고준은 망명인의 우울과 권태 속에 잠겨 책 속으로 숨어들어간다. 그곳은 현실과는 거리를 둔 '거꾸로 된 세계'였으며 그를 괴롭히는 현실을 상상 속에서 지배할 수 있는 세계였기 때문이다. 한쪽에 '책'이 있었다면, 또 한쪽엔 '여자'가 있었다. 그는 W시에서 폭격을 만나 한 여자의 손에 이끌려 방공호로 숨는데, 그곳에서 그 여자의 품에 안겨 최초의 성적 체험을 하게 된다. "그의 뺨에 와 닿는 뜨거운 뺨을 느꼈다. 준은 놀라움과 흥분으로 숨이 막혔다. 살냄새." 『회색인』에서 이 강렬한 성적 체험은 되찾아야만 하는 구원의 상징으로 반복적으로 환기된다. 작가에 따르면 혁명이 불가능한 이 땅에서 유일하게 선택할 수 있는 것은 정신의 망명뿐이다. 이때 '책'과 '여자'는 독고준이 선택하는 망명의 장소가 어디인지를 암시한다. 그 둘은 '에고'와 '사랑'의 상징이다.

흥미로운 것은 정신의 망명을 택한 독고준이 그런 자신을 드라큘라에 비유한다는 사실이다. 최인훈이 새롭게 해석한 드라큘라는 독특하다. 그에 따르면 드라큘라는 신에게 추방된 이단의 토착신이자 반역자이고, 세상의 질서를 거부하는 고독한 혁명가다. 또한 드라큘라는 대답 없는 신을 대신해 스스로 신이 되어 '나' 자신을 증명하기로 결심한 고독한 독서가이기도 하다. 『회색인』에서 자신이 드라큘라라고 말하는 독고준은 가망 없이 타락한 한국적 현실과 맞서는 망명한 정신의 반역자로 그려진다. 그런 의미에서 이 소설은 비유컨대 현실에서 추방된 고독한 드라큘라의 정신적 모험이라 해도 좋을 것이다.

그런데 혁명은 정말로 불가능한 것일까? 최인훈은 독고준의 입을 빌려 그렇다고 말하지만, 김학과 황선생의 대화를 통해 그에 대한 반박 또한 잊지 않는다. 그런 의미에서 언뜻 독고준 자아의 드라마처럼 보이는 이 소설은 다른 한편 여러 의견과 목소리가 교차하고 맞물리는 대화 소설이기도 하다. 김학은 말한다. "혁명이 가능했던 상황이란 건 없었어. 혁명은 그 불가능을 의지로 이겨내는 거야."

중요한 것은 혁명이 가능한가 아니면 불가능한가라는 질문이 아니다. 오히려 대개의 경우 혁명은 불가능하다는 결론에 이를 수도 있다. 그럼에도 불구하고 혁명의 가능성과 불가능성에 대해 상상하고 숙고하는 일이야말로 『회색인』을 가능케 한 동력이며 지금 우리가 이 소설을 읽게 하는 힘이다.

③

# 이호철

---

# 『소시민』
# 1968, 신구문화사*

1964년 7월부터 1965년 8월까지 『세대』에 연재되었다.

단행본으로는 1968년 신구문화사의 『현대한국문학전집』 8권으로 처음 출판되었고,

1972년(삼중당)과 1979년(경미문화사) 두 차례의 개작이 있었다.

# 소시민, 천박하거나 가련한

소시민(小市民)은 누구인가? 이호철에 따르면 그들은 정치에 무관심하고 경제적 이익에만 몰두하는 속물이다. 이호철의 소설 『소시민』에서 소시민은 '타락'이라는 단어를 동반하면서 등장한다. "이 무렵의 부산 거리는 어디서 무엇을 해먹던 사람이건 이곳으로만 밀려들면 어느새 소시민으로 타락해져 있게 마련"이다.

『소시민』은 전시의 피란지 부산 완월동 제면소에 모여든 사람들의 이야기다. 소설에서 그들 모두는 이념, 계급, 노선, 성별 등이 다름에도 불구하고 '타락한 소시민'이라는 한마디로 요약된다. 이 소설의 배경인 한국전쟁과 피란지 부산은 작가가 소시민으로 요약되는 전후 한국인의 정체성 기원을 탐색하기 위해 선택한 시간과 장소이다. 6·25 전란은 한국의 강토를 황폐화시켰고 한국인들은 그날그날의 삶을 가까스로 이어갔다. 와중에도 피란지였던 부산은 엄밀한 의미에서는 전쟁의 영향에서 벗어난 공간이었다. 분명 전방에서는 치열한 전투가 벌어지고 있었지만 소설에서 전쟁은 사망 통지서나 징집 영장 혹은 소문의 형태로만 전해진다. 오히려 당시 미국의 전쟁 물자가 들어오는 관문이었던 부산은 이상한 활력으로 생기 넘치는 일상적 공간으로 그려진다. 소설에서 그곳은 전쟁의 공포보다는 생활과 생존이 더 강조되는 일상의 무대다.

이러한 전시 부산의 일상은 아이러니한 생활 감각을 만들어낸다. 급박한 생활논리가 전쟁을 비롯한 사회정치적 현실에 대한 판단을 둔탁하게 만든 반면, 생존에 대한 감각만 비상하게 발달한 기이한 속물적 존재를 만들어낸 것이다. 당시의 부산은 전시였음에도 퇴폐풍조가 만연해 카바레, 요정, 다방 등이 급속하게 생겨났고 불법 밀수도 번성했다. 그렇게 전쟁 특수로 폭발적으로 팽창하던 전시 부산의 풍경은 급격한 근대화 과정을 겪으면서 돈과 성에 대한 속물적 욕망이 들끓어오르던 1960년대 중반 한국 사회의 모습과 오버랩된다. 소설에서 그런 부산의 축도로 선택된 장소가 바로 완월동 제면소다. 소설은 완월동 제면소에 화자인 '나'가 취직하는 것으로 시작해 군에 입대하면서 끝난다. 그 기간이 대략 1951년 봄에서 1952년 6월까지다. 그곳에서 '나'가 다양한 사람들을 만나면서 겪었던 여러 일, 삶과 죽음, 전락과 상승, 성공과 실패가 교차하면서 펼쳐지는 이야기, 그것이 『소시민』의 내용이다.

완월동 제면소에서 '나'가 만난 사람들은 누구인가. 농촌의 순박함을 간직한 천안색시, 조직 노동자의 경력을 가진 정씨와 김씨, 시골 소지주의 외아들인 곽씨, 식민지 경험을 유일한 삶의 지표로 삼는 신씨, 식민지 시기 좌익에 가담했던 인텔리 강영감, 그리고 전쟁 특수로 한 몫 잡은 제면소 주인댁이 그들이다. 이렇듯 다양한 인물들은 지금까지 자신들이 살았던 삶의 역사에서 튕겨져나와 부산이라는 새로운 차원의 시공간으로 편입되면서 "소시민"이라는 평균적 존재로 변모한다. 사변 통에 가능한 삶은 "이슬같이 죽든가, 우연하게 살아남든가, 두 길"뿐이다. 작가에 따르면 이때 살아남는다는 것은 "별의별 쌍놈의 짓을 다 해서라도 돈만 벌면 그날부터 양반도 될 수 있"는 세상에 적응하기 위해 '낯가죽이 두터워지는 과정'이다.

김씨는 바로 그런 낯가죽 두꺼운 쌍놈 중의 하나다. 그는 '생활력의 화신'으로서, 정씨와 함께 해방 공간에서 좌익 운동가로 활동했지만 지금은 자신의 과거를 지우고 속물적인 자본가로 성장한다. 그는 심지어 이승만 정권의 앞잡이 노릇도 마다하지 않는다. 천안색시는 김씨의 꼬드김으로 제면소 식모 일을 그만두고 "빠아"에 취직해 새로운 속물적 세계의 질서를 밑바닥에서부터 배워 결국에는 양장점 주인이 된다. 반면 끝내 자신의 신념을 포기하지 못한 정씨, 그리고 인텔리였지만 보련(보도연맹)에 가입했던 경력을 떨쳐버리지 못한 강영감은 결국 자살로 생을 마감한다.

그렇다면 '나'는 어느 쪽인가? '나'는 김씨의 생활력과 정씨의 정신성 사이에서 갈팡질팡한다. 정력적으로 현실에 적응해가는 김씨의 생활력에 매혹되면서도 그의 천박함은 혐오한다. 반면 정씨의 무능하고 초라한 모습에 실망하면서도 다른 사람에게서는 찾아보기 어려운 단단한 중심에 매혹되기도 한다. '나'는 결국 이 세계가 순박함의 세계에서 경솔함과 부박함의 세계로 이동할 것임을 직감한다. 그리하여 자신 또한 결국에는 "그들과 오십보백보의 어슷비슷한 거리를 두고" 살아갈 것임을 알고 있다. 그러면서도 여전히 두 세계 사이를 오락가락할 뿐, 어느 한 세계도 쉽게 승인하지 못한다.

『소시민』의 세계는 간단한 도식으로 나누어지는 명쾌한 세계가 아니다. 달리 말하면 "소시민"에 대한 해석이 생각만큼 그렇게 간단치 않은 문제임을 암시한다. '나'와 정씨의 다음 대화를 들어보자.

"정씨도 이젠 아주아주 소시민이 되어버렸군요. 가장 경멸하고 얕보던 그 소시민이. 하긴 소시민이란 쓰레기 같은 갖은 잡동사니를, 좋고 나쁜 인간성이란 인간성은 다 가지고 있는 것이겠지만."
"하긴 그렇기도 하겠군. 소시민이란 살기 편할 때는 소시민이지만, 불편할 때는 엄살꾸러기가 되고, 이판사판인 마당에선 미친 깡패가 되거든. 위에 붙거나 아래에 붙거나 그렇게 붙어서 돌아가게 마련이지."

이 대화에서 "소시민"은 좋은 것과 나쁜 것이 뒤섞인 하이브리드적인 어떤 것, 혹은 상황에 따라 얼마든지 변신이 가능한 카멜레온 같은 것으로 묘사된다. 끝없이 움직이는, 단일한 정체성으로 수렴되기 어려운, 그래서 쉽게 판단하기 어려운 어떤 것. 그것은 좋은 것인가, 나쁜 것인가?

복잡하기는 여자들도 마찬가지다. '나'가 성적 관계를 맺는 세 명의 여자도 한마디로 판단할 수 없는 양면성을 보여준다. 성적으로 무능한 남편의 대용으로 여러 남자들과 잠자리를 갖는 뻔뻔한 '주인마누라', 고3 나이에도 이미 남자 경험이 많은 강영감의 딸 매리, 유부녀지만 김씨의 유혹에 넘어가 결국에는 남편을 잃고 "빠아"의 여급으로 전락한 천안색시. 이 세 명의 여자는 전쟁기의 타락상을 대변하는 인물들인가? 그러나 소설에서 '나'의 판단은 단순하지 않다. 오히려 주인마누라의 뒤틀린 성적 난무에서 속물적 욕망 이면에 드리워진 우울증과 염세증, 무기력을 목격하고, 매리의 상식을 벗어난 행동에서는 쾌감과 자유를 느끼기도 한다. 게다가 15년 후에 다시 만난 천안색시의 깊이 가라앉은 목소리에서 '나'가 발견하는 것은 천박함이 아닌 '관록과 두터움'이다. 물론『소시민』의 여성 인물들이 가부장제적 남성의 시선에 포착된 존재임은 분명하다. 그럼에도 불구하고 이들이 한국 소설에서 익숙한 정형화된 여성 이미지(예컨대 몸을 버리면 창녀가 되는 식)를 슬쩍 비껴가고 있다는 사실은 주목할 만하다.

이호철은 "인간의 삶이란 그런 이론이나 이념으로 다 재단할 수 없"다고 말한다. 그래서인지 소설 속 등장인물들을 바라보는 '나'의 시선도 도식적이거나 일방적이지 않다. 물론 생존 그 자체만을 생의 목적으로 설정하고 다른 모든 가치나 미덕을 저버리는 소시민적 헝그리정신을 바람직한 것으로 수긍할 수는 없다. 그럼에도 전쟁을 겪으며 사회구조가 전면적으로 해체되는 시기에 소시민화란 피하기 어려운 결과일지도 모른다. 그래서인지 작가는 새로운 운명을 향해 돌진하거나 옛것과 새것 사이에서 갈등하는 인물들에 대해 "소시민적"이라고 싸잡아 비판하면서도 그들이 지닌 나름의 긍정적인 면모에 눈을 감지 않는다.

문제는 변화를 거부하고 기존의 관념에 붙들려 있는 존재다. 예컨대 시대착오적인 봉건지주의 모습을 고수하는 곽씨, 현재의 사정에는 까마득한 백치이면서도 왜정 말기의 일본군을 절체절명의 신화로 생각하는 신씨가 그렇다. 이들을 보면서 '나'는 "명료하고 분명한 것으로 이미 처리되어 있던 것이 아직 우리의 주변에는 끈덕지게 버티고 있"다는 사실을 깨닫고 경악한다. 특히 소설의 결말에서 '나'는 신씨를 다시 만나는데, 그는 거의 변하지 않은 모습을 하고 있다. 이를 통해 작가는 제국 일본의 식민지 조선 지배가 결코 지나가버린 과거가 아니라 현재진행형인 사태임을 은연중 암시한다. 흥미로운 것은 이 소설이 연재되던 1964년에 굴욕적인 한일협정이 이루어졌다는 사실이다. 그런 와중에 이호철은 신씨의 모습을 통해 '이미 죽은' 존재들이 한국 사회에서 죽은 듯 죽지 않고 좀비처럼 잔존해 있음을 고발하고 있었던 셈이다. 그러니 이 불사(不死)의 존재들이야말로 가장 끔찍한 적폐가 아니겠는가? 때로는 비극적 몰락이 아름다울 수도 있다. 혹은 그악스러운 생활력이 건강할 수도 있다. 비록 소시민적일망정 그들은 적어도 우리 사회의 변화에 그 나름의 방식으로 반응해왔다. 그런 점에서 "소시민"은 1960년대 한국 사회의 전면적 변화를 반영하는, 문학사에서 전례 없던 새로운 등장인물이 될 수 있었다.

③

손창섭

『길』
1969, 동양출판사

# 열심히 노력하면 성공할 수 있나요?

어릴 때부터 어른들에게 귀에 못이 박히게 들은 말이 있다. '성공해야 한다!' 이 명제는 20세기 한국인의 삶과 의식을 지배한 절대적인 지상명령이다. 이때 성공이란 곧 입신출세와 치부를 의미했고 거기엔 응당 피나는 공부와 노력에 대한 요구가 뒤따랐다. 많은 한국인은 그렇게 성공의 꿈을 내면화하고 성공해야 한다는 당위를 좇으며 살았다. 성공은 대중의 의식을 지배한 욕망의 코드이자 이데올로기였다. 그러나 성공해야 한다는 그 지상명령이 성공을 위해서라면 무슨 짓이든 저질러도 상관없다는 걸 뜻하진 않았다. 적어도 겉으로는 말이다. 한국의 교육은 성공의 꿈을 부추기는 한편 그 성공이 정직한 노력과 도덕적으로 정당한 방법에 의해 성취되어야 함을 강조하기도 했다. 그것은 우리에게 장려된 일종의 도덕주의적 삶의 규율이다. '정직하게 살아라'라는 어른들의 지당하신 말씀에 집약된 것이 바로 그것이다.

그러나 한국의 자본주의는 그 둘의 행복한 조화를 용납하지 않았다. 정직하게 열심히 일하면 성공할 수 있다는 소박한 믿음은 끊임없이 배반당했고 성공주의와 도덕주의를 조화시키기 위한 노력은 실패하고 좌절했다. 정직과 신의를 강조하는 도덕주의는 성공을 오히려 불가능하게 하는 세상 물정 모르는 사치스러운 요구로 취급됐다. 성공의 지표인 돈과 권력을 거머쥐는 것은 오히려 비도덕적인 부정과 부패를 통해서만 가능했고 한국 자본주의의 오랜 역사가 이를 증명했다. 1969년에 발표된 손창섭의 장편소설『길』이 문제삼는 것은 바로 이 지점이다. 즉 한국 사회에서 정직하게 열심히 노력하면 과연 성공할 수 있는가? 이것이『길』에서 작가 손창섭이 던지는 비판적 질문이다.

손창섭은 1950년대 전후문학의 대표 작가로 평가받는다. 그는 1950년대에는 전쟁 직후의 허무와 폐허 의식을 동물 같은 삶으로 연명하는 퇴행적인 인물들의 모습을 통해 주로 그렸다. 그래서 그의 소설이 지나치게 비관적이라고 비판하는 평론가도 적지 않았다. 이에 자극받았는지 손창섭은 1958년에 처음으로 긍정적인 인간형을 등장시킨 단편「잉여인간」을 발표하고, 평론가들은 그의 변화를 환영하며 이듬해 그에게 동인문학상을 안겨준다. 지금도「잉여인간」은 그의 소설의 정점으로 평가되지만, 문제는 희망과 긍정을 그렸다고 해서 그것이 작품성을 보장해주진 않는다는 사실이다. 오늘의 관점에서 볼 때「잉여인간」의 작품성은 아이러니하게도 인간에 대한 모멸과 환멸을 주제로 한 이전의 소설들에 미치지 못한다. 그후 1960년대에 들어와

서 그는 신문 연재소설 집필에 집중하는데, 『길』이 그중 하나다. 이 작품에도 어김없이 긍정적인 인간형이 등장하지만 여기에서 긍정과 낙관은 결국 환멸로 귀결된다. 이 소설은 비록 손창섭의 초기 단편소설들만큼 잘 알려져 있진 않으나 당시 평론가 백낙청이 '1960년대의 가장 훌륭한 신문소설의 하나'로 고평했을 정도로 문학적 의미는 작지 않다.

손창섭은 동아일보에 이 소설의 연재를 예고하면서 이렇게 말한다. "부정, 부패, 음모, 타락이 잡초처럼 무성한 성인사회, 특히 대도시의 추잡한 현실 속에다 아직 때 끼지 아니한 순박한 시골 소년과 소녀를 집어던져 그 반응을 시험해보고 싶다." 작가의 말처럼 이 소설은 16세의 순박한 시골 소년 성칠의 눈에 비친 타락한 서울의 세태를 파헤친다. 성공하기 위해 상경해 돈을 벌려고 아등바등 애쓰다가 결국 타락한 현실의 벽에 부딪혀 아무 소득 없이 고향으로 돌아가는 성칠의 사연이 소설의 골격이다. 이를 통해 작가는 열심히 노력만 하면 성공할수 있다는 순진한 기대와 믿음이 어떻게 무너져가는가를 추적하면서 1960년대 한국 사회를 지배했던 '성공의 로망스'가 갖는 허구성을 폭로한다.

성공의 로망스란 무엇인가? 1960년대는 근대화가 본격화되면서 '잘살고 싶다'는 대중적 욕망이 급격하게 분출하던 시대였다. '열심히 일하면 잘살 수 있다'는 기대와 신념이 대중의 의식을 사로잡았다. 그러한 대중의 욕망이 집약된 단어가 바로 '성공'이다. 이 시기에 성공은 모두의 꿈이었고 쉬 손에 잡힐 것도 같은 목표였다. 이를 더욱 부추긴 건 당시 언론에서 연일 보도되던 놀라운 성공 실화였다. 가난하고 못 배운 시골 청년이 빈손으로 시골에서 올라와 돈을 많이 벌어 성공했다는 비슷비슷한 이야기가 신문에서 앞다퉈 소개되던 시절이었다. 그런 성공 스토리는 대중문화에서도 즐겨 다루던 소재였는데, 1963년에 개봉한 영화 〈또순이〉가 대표적이다. 밑바닥에서 시작해 타이어 장사, 밀수품 장사, 짐 나르기 등 온갖 힘든 일을 다 하면서 악착같이 돈을 모아 '새나라 자동차'를 살 정도로 성공한다는 이야기다. 그런 이야기들은 성공에 대한 대중의 꿈과 희망이 집약되어 있는 삶의 서사였는데, 그 서사가 바로 '성공의 로망스'다. 대중적 욕망과 가치, 삶에 대한 기준과 신념 등이 투영되어 있는 이 성공의 로망스는 지금에 이르기까지 강력한 효과를 발휘하고 있는 하나의 신화다. 그 신화는 또한 1960년대 박정희 정권이 국민들을 일체화·집단화하는 개발주의의 동원 논리를 감성적으로 뒷받침한 것이기도 했다.

주인공 성칠은 이 성공의 로망스를 신봉하면서 자기의 것으로 만들려고 애쓰는 인물이다. 성칠은 오직 돈을 벌어 성공하겠다는 일념으로 여관 청소부, 공장 직공, 남자 식모, 구두닦이, 대금업, 과일 행상 등 온갖 궂은 직업을 전전하며 악착같이 돈을 모은다. 그를 온통 사로잡는 건 '어떻게 하면 조속히 성공할 수 있단 말인가' 하는 생각이고 이때 성공이란 오로지 돈을 벌고 부자가 되는 일이다. 손창섭의 『길』은 그러한 성칠을 현실 속에 던져놓고 저 성공의 로망스가 현실적으로 가능한지 아닌지를 실험하고 관찰하는 소설이다.

작가의 의도에 따라 성칠은 소위 성공했다고 하는 사람의 성공담을 듣고 고무돼 그들의 행로를 하나씩 똑같이 모방한다. 기술을 배워 성공한 젊은이의 이야기를 듣고 기술을 배우려고 공장에 취직하고, 공장을 그만둔 뒤엔 구두닦이로 돈을 모아 농장을 차렸다는 청년의 이야기를 듣고 구두닦이를 시작한다. 그가 이자 놀이와 과일 행상에 나서게 되는 동기도 그와 다르지 않다. 그러나 성공의 로망스를 자기 삶의 서사로 완성하기 위한 성칠의 노력은 결국 실패한다. 불의를 보면 참지 못하는 성칠의 성격이 중요한 원인이다. 그는 어떻게든 바르게 살아야 한다는 교과서적 도덕주의를 끝까지 고수하는 고지식한 인물이다. 그래서 그는 어떻게든 정직한 방법으로 돈을 벌려고 하지만 타락한 현실은 그의 선의를 용납하지 않는다. 그가 경험한 것은 온갖 사기와 협잡, 불의와 부정, 부패와 술수였으며, 모두가 다 그렇게 돈을 벌고 있고 또 그래야만 성공할 수 있다는 냉엄한 현실이었다. 그러면서 그는 오로지 성공만이 지고의 가치가 아닐 수 있음을 조금씩 깨우쳐간다. 작가는 그렇게 성공의 로망스를 모방하는 성칠의 실패와 좌절을 통해 그럴듯한 성공의 신화에 가려져 있는 당대 한국 자본주의의 타락상을 폭로한다.

그리고 작가는 그에 대한 처방을 제시하는 것도 잊지 않는다. 작가는 성칠이 정신적 감화를 받는 긍정적 인물인 신명약국 주인의 입을 빌려 이렇게 말한다.

"그리구 돈을 어떻게 단시일에 많이 버느냐를 욕심낼 것이 아니라, 어떻게 하면 정당하고 깨끗하게 벌어서 알뜰히 아껴 쓸까를 생각해야 하는 거다. 개처럼 벌어서 정승처럼 쓰라는 속담에 대한 그릇된 해석은 한국인을 부정과 부패로 몰아넣고 있는 거다. 너는 돈벌레가 되어선 안 된다."

이러한 경제 윤리는 소설 전반에 걸쳐 다양한 방식으로 제시된다. 금욕주의와 도덕주의를 기반으로 한 이 생각은 비록 소박한 수준이지만 막스 베버의 경제윤리를 연상시킨다. 그러나 그보다 중요한 것은 작가가 성칠의 좌절을 통해 베버식의 근면의 윤리와 도덕주의에 기초한 '정당한 성공'이 현실적으로 불가능함을 보여준다는 사실이다. 그럼으로써 작가는 타락한 한국의 현실에서 성공주의와 도덕주의는 결코 화해할 수 없음을 역설한다. 물론 이 소설의 메시지는 소박한 도덕 교과서의 한계를 시원하게 넘어서진 못한다. 그것은 작가의 인식 한계일 테지만 대중의 눈높이를 고려해야 하는 신문소설로서의 한계일 수도 있다. 그럼에도 불구하고 이 소설은 1960년대 한국 자본주의의 천민성은 물론이고 더 나아가 박정희식 개발 동원 체제에 대한 소박하지만 강력한 비판으로 읽힌다.

열심히 노력하면 성공할 수 있을까? 이것은 1969년에 작가 손창섭이 던졌던 질문이지만 오늘날 한국의 젊은이들이 품고 있는 근본적인 의문이기도 하다. 그것은 불가능하다는 절망이 오늘의 한국 사회를 지배한다. 성공에 실패한 성칠은 결국 환멸만을 안은 채 쓸쓸히 고향으로 돌아갔다. 그리고 손창섭은 1970년대 초반 박정희 군사정권 치하 한국의 현실에 절망하고 일본으로 이주해 살아가다 귀화해 쓸쓸한 생을 마쳤다. 손창섭은 한국이 싫어서 한국을 버린 '헬조선' 탈출의 선구자다.

④

# 박완서

『나목』
1970, 동아일보사

# 살아남은 여자는 슬퍼라

박완서는 6·25전쟁에 대한 집착을 여러 곳에서 고백한다. "6·25는 내 기억의 원점이다."(한국일보, 2002년 6월 6일) "유독 6·25 때의 기억만은 마냥 내 발뒤꿈치를 따라다니는 게 이젠 지겹지만 어쩔 수가 없다."(『사라져가는 것에 대한 애수』) 박완서 문학은 6·25전쟁에서 시작해서 6·25전쟁으로 끝난다고 해도 과언이 아니다. 그런 의미에서 전쟁은 박완서 문학의 기원이자 종착지다.

박완서의 소설에서 전쟁은 언제나 과거의 사건에 그치지 않고 지금 우리의 모습을 만든 중요한 원초적 체험으로 사유된다. 전쟁이 한창이던 시절을 배경으로 한 장편소설 『나목』도 그렇다. 『나목』은 1970년에 발표된 박완서의 등단작이자 출세작이며, 이후에 펼쳐지는 방대한 박완서 문학의 원천이다. 이 소설은 작가가 실제로 미군 피엑스 초상화부에서 근무하던 시절(1951~1952)에 만났던 화가 박수근과의 인연을 모티브로 하고 있다. 박수근과의 만남은 작가로서 박완서의 삶에 강렬한 흔적을 남겼다.

　『나목』이후에도 박완서는『그 산이 정말 거기 있었을까』등의 소설과 여러 에세이에서 박수근과의 만남에 대해 언급한다. 그만큼 그와의 인연은 작가 박완서의 인간적·예술적 성장에 중요한 계기였다.『나목』의 결말 부분에서 박완서는 박수근의 〈나무와 여인〉으로 짐작되는 작품을 언급한다.

　박수근의 그림 〈나무와 여인〉은 헐벗은 나무를 사이에 두고 두 여인이 걸어가는 모습을 담았다. 한 여인은 짐을 이고, 다른 한 여인은 아이를 업었다. 박수근은 이 그림 외에도 헐벗은 나무와 그 주위를 맴도는 고달픈 여인들의 일상을 자주 그렸다. 한국전쟁 당시 후방에 남겨진 여성들은 부재하는 남성을 대신해 생계와 부양의 의무를 떠안았다. 박수근의 그림이 담아낸 것은 그렇게 후방에서 생활을 책임져야 했던 여자들의 고단한 삶의 풍경이었다. 그리고 그 그림은『나목』의 여주인공 이경의 황량한 내면 풍경과 자연스럽게 오버랩된다.

　『나목』은 전시 상황의 불안 속에 던져진 스무 살 여성 '나'(이경)의 성적 모험담으로 시작한다. '나'는 전쟁중에 아버지와 오빠들의 갑작스러운 죽음으로 갑자기 가족의 생계를 책임지게 된 처녀 가장이다. 스무 살답게 발랄하고 변덕스러운 성격의 '나'는 미군 피엑스 안에 있던 한국물산 초상화부에서 일한다. 그곳에서 그녀가 맡은 역할은 미군들에게 가족이나 애인의 초상화를 스카프에 그려서 보내도록 부채질하는 일종의 거간꾼이다. 그 과정에서 그녀는 세 남자를 만나 그들의 욕망을 자극하면서 자신의 욕망에도 눈을 뜬다. 동경과 연민의 대상인 (박수근을 모델로 한) 진짜 화가 옥희도, '나'에 대한 애정을 숨기지 않는 같은 또래의 피엑스 전공(電工) 황태수, 그리고 창녀도 양갓집 규수도 아닌 그저 '한국 여자'를 안고 싶어하는 미군 병사 조오가 바로 그들이다.

소설은 중후반까지 아슬아슬하게 성적 일탈의 경계에서 방황하는 이경의 불안한 심리를 따라간다. 그러다가 소설의 결말에 이르러, 감춰졌던 비밀이 드러난다. 미군 병사 조오와의 충동적인 정사를 통해 처녀성의 금기를 위반하려는 순간, 오랫동안 억눌러왔던 기억이 터져나온 것이다. 자기 탓에 폭격으로 죽은 오빠들. 그리고 두 아들을 동시에 잃은 어머니의 한탄 소리.

어쩌면 하늘도 무심하시지. 아들들은 몽땅 잡아가시고 계집애만 남겨놓으셨노.

이 말은 그녀에게 "원성과도 같은, 주문과도 같은 끔찍한 소리"다. 차라리 아들 대신 계집애인 네가 죽지 왜 너만 살았느냐는 엄마의 비난. 그리고 오빠들을 죽게 하고 자기 홀로 살아남았다는 끔찍한 자책. 딸의 존재를 통째로 부정하는 이 저주에 가까운 엄마의 탄식이야말로 '나'가 대면하고 싶지 않았던 가장 끔찍한 기억이다. 믿고 사랑했던 엄마에게 완벽하게 외면당한 딸은 그런 엄마에 대한 복수심에 스스로를 자기 파괴의 충동으로 몰아간다. "자식이라고는 없는, 딸도 없는 불쌍한 여인으로 만들어주어야지. 죽고 싶다, 죽고 싶다." 스무 살 처녀의 성적 모험으로 시작한 소설은 그렇게 전쟁에 상처 입은 여성의 저 복수심과 억압된 죄의식이 뒤엉킨 자기 분열의 심리극으로 반전된다. 그 과정에서 '나'는 무엇을 경험하고 또 알게 되는가? 그것은 가부장제 이데올로기의 허구성과 억압이다.

오빠들이 죽은 후 '나'는 깨닫는다. 가부장제적 질서 안에서 아내나 엄마의 역할을 맡지 않는 딸이란 언제든지 떼어버릴 수 있는 장식 같은 존재일 뿐이라는 사실을. 그러니 딸이 비록 가족의 생계를 책임지고 있어도 어머니에게 딸은 언제든지 배제될 수 있는 잉여적 존재에 불과하다. 하물며 아들 대신 살아남은 딸이니 오죽하랴. 가부장제하에서 어머니는 아들'만'의 어머니다. 전쟁으로 많은 남자들이 죽고 여자들은 살아남았다. 박완서의 『나목』은 그렇게 남성들의 죽음으로 헐거워진 가부장제하에서 살아남은 여성의 보잘것없는 지위를 적나라하게 폭로한다.

『나목』은 전시(戰時) 서울을 배경으로 하고 있지만 작가의 관찰과 상상력이 집중되는 영역은 일상적 삶이다. 그래서일까. 『나목』에서 살아남은 사람들의 치열한 생존기는 이 소설이 발표되던 1970년대 당시의 의식과 삶의 풍경을 연상시킨다. 내 가족의 생존을 위해서는 무슨 일이든 한다는 가족 이기주의 혹은 속물주의가 바로 그것이다. 박완서가 살았던 1970년대 근대화된 도시의 일상을 지배했던 것은 '생존'을 위해서라면 무슨 짓을 해도 상관없다는 생존제일주의였다. 그것은 박정희식 개발주의가 불러온 속물주의의 핵심이었다. 박완서의 『나목』은 전시의 일상을 그리면서 그것을 통해 그 생존제일 속물주의의 기원이 다름 아닌 전쟁에 있었음을 우리에게 환기한다.

예컨대 『나목』에서 혼외자식인 두 아들을 키우기 위해 양공주 노릇도 마다않으면서 그것을 위대하고 도덕적인 모성으로 포장하는 다이나 김은 생존을 다른 무엇보다 최상의 가치로 여기는 생존제일주의자의 전형이다. 주인공 이경이라고 다르지 않다. 이경은 불현듯 물구나무가 서고 싶은 충동에 시달릴 만큼 안온한 일상적 질서와 제도에 거부감을 느끼면서도 결국은 반복적이고 권태로운 일상 속으로 투항한다. 이경은 화가인 옥희도로 상징되는 예술가적 삶도, 조오로 상징되는 개인주의적 삶도 거부하고 황태수와 결혼해 결국은 가장 안전하고 편안한 일상적 삶을 선택한다. 그런데 그것으로 끝인가? 아니다. 『나목』에서 이경은 결혼 이후의 삶 속에서 오히려 생존 욕망과는 다른 욕망의 가능성을 꿈꾼다. 『나목』은 결혼이 여성 성장의 완결점이 아닌 새로운 출발점임을 암시하는 소설이다.

1970년대 근대화 과정에서 소외된 여성 현실에 대한 박완서의 비판적 의식은, 이렇게 전쟁을 겪은 뒤 살아남은 여자들의 자기발견을 거쳐 벼려졌다. 『나목』의 이경이 안주한 세계는 사실 이경 자신이 그토록 경멸했던 가부장제 이데올로기의 세계에서 그리 멀지 않아 보일지 모른다. 그렇다면 이경 또한 안락한 속물의 길을 선택한 것일까? 그러나 이경의 예민한 자의식은 결코 무뎌지지 않는다.

남편이 쓸모없이 불편한 고가를 해체시켜 우리의 새 생활을 담을 새집을 설계하듯이, 나는 아직도 그의 아내로서 편치 못한 나를 해체시켜, 그의 아내로서 편한 나로 뜯어 맞추고 싶었다. (……) 그러나 나는 아직도 그것들의 빛, 그것들의 속삭임, 그것들의 아우성을 가끔가끔 필요로 했다. 그러고 보니 아직도 해체되지 않은 한 모퉁이가 내 은밀한 곳에 남겨진 것이다. 그것이 지금 아픈 것이다. 많이…… 아니 그저 조금, 견딜 수는 있을 만큼 조금 아픈 것이다.

자기 안의 "해체되지 않은 은밀한 한 모퉁이"는 아프다. 이경은 그 아픔을 속으로 간직하고 견뎌낼 것이다. 그것은 불편함을 해체하지 않고 자기 존재의 일부로 끌어안겠다는 의지이며 비록 안전하고 편안한 삶을 선택했지만 그 삶의 속물성에 투항하지 않겠다는 조용한 다짐이다. 박완서는 중산층적 삶의 테두리 안에 있으면서도 언제나 문 바깥의 시선과 의식을 견지하고자 했던 '냉정한 관찰자'였다. 그런 의미에서 박완서는 그 자신이 "해체되지 않은 한 모퉁이"의 삶을 살았던 작가였다. 박완서의『나목』은 1970년대의 속물적 삶에 던지는 질문이었다. 그리고 작가 박완서야말로 그 자신, 살아 있는 질문이었다.

④

이청준

『소문의 벽』
1972, 민음사

# 어서 말을 해!

"국가 안보 위해 예술의 자유 제한 정당." 문화예술계 블랙리스트 작성 혐의로 구속된 전 대통령 비서실장 김기춘의 법정 발언이다. 말과 표현의 자유는 안보를 위해(실은 정권의 안위를 위해서지만) 마땅히 제한되어야 한다는 생각은 전 국민을 통제와 심리전의 대상으로 삼았던 1970년대 유신시대의 사고다. 그런 의미에서 확신범인 김기춘은 아직도 자기가 죽었음을 기억하지 못하는 유신의 유령인 셈이다. 블랙리스트는 감시와 검열의 기제다. 그것은 자기 양심에 따라 발언해야 하는 작가에게 그럼에도 자유롭게 말해서는 안 된다고 강요한다. 문제는 외부의 감시와 검열의 기제는 필연적으로 작가의 머릿속으로 옮겨와 내면화된다는 사실이다. 자기 검열의 고통은 그렇게 시작된다.

머릿속에서 작동하는 감시와 검열의 기제. 그것은 억압적인 통제 사회의 산물이다. 그리고 우리는 오랜 군사독재의 시기를 겪으며 그 숱한 사례를 목격했다. 하고 싶은 말을 하면 처벌받을 수 있다는 공포는 많은 작가·예술가를 옥죄었고 이는 일반 대중도 예외가 아니었다. 그 공포는 종종 병리적인 형태로 분출하기도 했다. 1988년에 발생했던 MBC 〈뉴스데스크〉의 웃지 못할 방송 사고가 한 사례다. 스튜디오에 난입해 생방송 뉴스를 진행하던 앵커의 마이크에 대고 "내 귀에 도청 장치가 있다"고 절규한 한 선반공의 목소리는 지금도 생생한 기억으로 남아 있다. 이 사건은 물론 한 피해망상증 환자가 벌인 해프닝일 뿐이지만, 다른 한편 개인의 머릿속까지 감시하는 통제 사회의 비극적인 일면을 폭로한 의미심장한 증상으로도 회자된다.

그런데 "내 귀에 도청 장치가 있다"고 외쳤던 피해망상 환자는 그보다 한참 전에 나온 한국 소설에도 등장한다. 이청준의 「소문의 벽」이 바로 그 소설이다. 「소문의 벽」에서 도청 장치를 대신하는 것은 '전짓불'이다. 이 소설에서 전짓불은 도처에서 출몰한다. 그것은 감시와 통제의 시선이다. 소설의 등장인물인 박준의 머릿속은 온통 번쩍이는 전짓불로 가득차 있다. 소설가인 박준은 그 때문에 소설을 쓰지 못해 괴로워하고 미쳐버려 결국은 실종된다. 이청준이 「소문의 벽」에서 그려놓은 "머릿속의 전짓불"은 17년 후 미래에 등장하는 "내 귀에 도청 장치가 있다"는 피해망상의 비극을 정확하게 예견한다.

「소문의 벽」은 1971년에 발표되고 이듬해 책으로 묶여 나온 이청준의 중편소설이다. 『당신들의 천국』과 「서편제」 등으로 잘 알려져 있는

71

이청준은 등단 초기에는 억압적인 세계의 폭력 속에서 불안과 신경증에 시달리며 정상적인 삶의 궤도를 이탈하는 인물들을 주로 그렸다. 그들은 앓고 있거나 아니면 지리멸렬한 자기의 상황을 곱씹으며 방황하는 수동적인 인물이다. 즉 그들은 아픈 사람들이다. 이청준의 초기 소설은 그 아픈 사람들의 병리적 증상을 통해 그들을 고통으로 몰아가는 세계의 억압과 폭력을 비판한다. 「소문의 벽」은 그런 초기 소설의 총정리이자 종합판이라고도 할 수 있는 소설이다. 이 소설에서 이청준은 소설을 쓰지 못하고 미쳐버린 소설가를 등장시켜 억압적인 세계에서 과연 소설을 쓴다는 것은 무엇인가를 묻는다.

「소문의 벽」의 형식은 추리소설이다. 어느 날 소설이 잘 걷히지 않아 고민중인 잡지 편집장 '나'에게 한 사내가 찾아온다. 누군가에게 쫓기는 듯한 사내는 자기를 숨겨달라고 말한다. '나'는 스스로 미쳤다고 주장하는 사내를 얼떨결에 하숙방에 재워주지만 다음날 아침 그는 말도 없이 사라져버린다. 사내의 정체에 호기심을 느낀 '나'는 혹시 몰라 찾아간 정신병원에서 그가 돌연 소설 발표를 중단하고 실종된 소설가 박준임을, 그리고 그가 진술공포증이라는 증상을 앓고 있음을 알아낸다. 그렇지만 궁금증은 더해간다. 그는 왜 소설을 쓰지 못하고 진술공포증에 걸렸는가? 그는 미친 척하는 것인가 아니면 진짜로 미친 것인가? 그 이유는 도대체 무엇인가?

이청준의 소설은 대개 병적 증상으로 표출되는 한 개인의 내밀한 비밀에 호기심을 느끼고 그 의문을 차근차근 추리하고 풀어가는 형식으로 되어 있다. 「소문의 벽」 역시 마찬가지다. 소설이 진행될수록 호기심은 더 커지고 의문은 증폭된다. 어쩌면 소설이 잘 걷히지 않는 것도 이와 관련이 있을지 모른다는 잡지 편집장으로서의 예감도 이에 가세한다. 소설에서 '나'는 꼬리에 꼬리를 무는 궁금증에 대한 해답을 추적하면서 비밀의 핵심에 조금씩 다가간다.

  궁금증을 못 이겨 박준의 행적을 좇던 '나'는, 정신병원의 김박사에게서 박준이 전짓불을 유난히 강박적으로 무서워했다는 얘기를 듣는다. 그는 왜 전짓불을 무서워하게 된 것일까? 강한 암시에 이끌려 박준이 쓴 소설을 찾아 읽으면서 '나'는 전짓불의 비밀과 그의 소설이 깊은 관련이 있음을 알아차린다. 전짓불은 그의 소설 곳곳에서 무섭게 번쩍이고 있었다. 박준은 그의 소설과 인터뷰에서 끊임없이 전짓불에 대해 이야기하는데, 그 비밀의 전말은 이렇다.

  6·25전쟁이 한창이던 박준의 유년기에 그가 겪은 경험이다. 경찰대와 공비가 번갈아 시골 마을을 점령해 사람들을 서로 다른 편으로 몰아 죽이던 시절. 한밤중에 갑자기 방문이 열리고 환한 전지 불빛이 쏟아져들어온다. 전짓불에 가려 전등을 든 사람의 정체는 알 수 없다. 그는 경찰대 사람인가 공비인가? 그런데 전등을 든 사람이 불빛 뒤에서

묻는다. "너는 어느 편이냐?" 전짓불은 대답을 강요한다. 그러나 대답할 수 없다. 어느 편을 선택하느냐에 따라 생사가 엇갈리는 절박한 상황임에도 불빛 뒤에 선 사람이 어느 쪽인지 알 수 없기 때문이다. 선택을 강요하는 전짓불 앞에서 어떤 선택을 해야 할지 이러지도 저러지도 못하는 상황. 극도의 공포와 무력감만이 나를 사로잡는다. 그럼에도 불구하고 나는 말을 해야 한다. 말하기를 강요하는 전짓불의 추궁 때문이다.

「소문의 벽」은 작가 이청준의 자전적 성격이 강한 소설이다. 실제 검열로 소설 연재를 중단해야 했던 작가 자신의 경험이 그대로 투영돼 있고, 박준이 썼다고 소설 속에서 소개되는 소설들도 대개는 이청준 자신이 이전에 발표했던 소설들이다. 박준이 이야기하는 전짓불의 경험 역시 작가 이청준이 유년 시절에 실제로 겪었던(적어도 보거나 들었던) 경험으로 알려져 있다. 여기에는 좌우 이데올로기 대립의 와중에 폭력적인 방식으로 어느 한쪽을 선택하기를 강요당했던 역사적 상처가 녹아 있다. 이청준은 「소문의 벽」에서 그 경험을 억압적인 통제 사회에서 작가가 처한 글쓰기의 조건으로 번역한다. 그에 따르면 이것은 억압적인 감시의 시선 아래서 정직한 진술을 해야 하는 작가의 상황이다. 박준은 말한다.

그런데 나는 요즘 나의 소설 작업 중에도 가끔 그 비슷한 느낌을 경험하

곤 한다. 내가 소설을 쓰고 있는 것이 마치 그 얼굴이 보이지 않는 전짓불 앞에서 일방적으로 나의 진술만을 하고 있는 것 같다는 말이다. 문학 행위란 어떻게 보면 한 작가의 가장 성실한 자기진술이라고 할 수 있다. 그런데 나는 지금 어떤 전짓불 아래서 나의 진술을 행하고 있는지 때때로 엄청난 공포감을 느낄 때가 많다.

이청준은 감시와 통제의 시선 아래 발가벗겨진 저 작가의 공포를 '전짓불의 공포'라고 불렀다. 전짓불은 개인의 진실을 용납하지 않는 폭력적인 세계에서 작가가 정직한 진술을 할 수 없게 만드는 방해 요인의 상징이다. 물론 전짓불은 박준 한 사람만의 것이 아니다. 누구나 자기의 전짓불을 가지고 있으며 그가 정직한 진술을 하려고 할수록 그것은 두렵고 공포스러운 빛을 쏘아댄다. 그것은 억압적인 사회에서 모든 작가가 스스로 짊어져야 하는 수형의 고통이다. 그에 따르면 작가란 그 정체가 보이지 않는 전짓불의 공포를 견디면서 끝끝내 자신의 진술을 계속해나갈 수밖에 없는 운명을 짊어진 사람이다.

전짓불로 상징되는 감시와 통제의 시선은 진실을 말할 수 없는 상황을 만들어놓고 진실을 말하기를 강요한다. "어서 말을 해!" 이것은 감시자의 명령이다. 이는 분명 외부의 폭력적인 강요이며 딜레마다. 그럼에도 불구하고 다른 한편으로 그것은 작가가 자기 것으로 떠안아야 할 피치 못할 운명이기도 하다. 작가는 어떤 악조건 속에서도 그를 무릅쓰고 진실을 말해야 하는 사람이기 때문이다. 「소문의 벽」은 그렇게 자유를 억압하는 폭력적인 사회에서 소설을 쓴다는 것이 무엇인가를 숙고하고 성찰하는, '소설로 쓴 소설론'이다.

「소문의 벽」의 소설가 박준은 결국은 미쳐서 실종됐다. 그리고 「소문의 벽」이 책으로 묶여 나온 해인 1972년, 대통령에게 초헌법적 권한을 부여한 유신헌법이 공포되면서 기나긴 유신의 공포정치가 시작됐다. 소설가 박준은 박정희 유신체제의 억압과 폭력과 감시의 공포를 미리 앞당겨 제 몸으로 앓았던 사람이었다. 또한 그는 그럼에도 불구하고 진실을 말해야 하는 작가의 운명을 자신의 비극적 파멸로 증명한 사람이었다.

⑤

최인호

『별들의 고향』
1973, 예문관

# 청년이 호스티스를 만났을 때

여기저기서 탄식과 야유와 실소가 터져나온다. "뭐야?" "헐! 말도 안
돼." 수업 시간에 자료로 보여준 한 영화의 장면들에 대한 여대 학생들
의 반응이다. 도대체 무슨 영화길래? 이장호 감독의 1974년작 〈별들
의 고향〉이다. 예컨대 이런 장면들. 영화 초반에 여주인공 경아가 첫
사랑 영석의 우격다짐으로 여관에서 첫 섹스를 하기 직전 화장실 거울
을 보며 이렇게 기도한다. "그이가 저를 버리지 않게 해주시옵소서. 영
원히 저를 사랑하게 해주시옵소서." 또 영화 말미에 경아는 남자 주인
공 문오와 잠자리에 들면서 말한다. "여자란 건 참 이상하게두 남자에
의해서 잘잘못이 가려져요."

이장호의 〈별들의 고향〉은 최인호의 동명 소설을 영화화한 작품이
다. 영화는 몇몇 장면과 등장인물을 제외하면 소설 속 상황과 대사를
거의 그대로 반복한다. 영화에 대한 오늘날 학생들의 반응은 소설이
라 해서 별다르지 않을 것이다. 생각해보면 『별들의 고향』은 여성(특히

성과 육체)에 관한 다양한 통념과 고정관념의 전시장 같은 소설이다. 결혼 전에 여자는 절대로 남자와 잠자리를 해서는 안 된다는 생각, 여자 팔자는 뒤웅박 팔자라는 고정관념, 여자는 창녀 아니면 성녀(혹은 선교사 부인)라는 선입견, 연애하는 여자 따로 결혼하는 여자 따로 있다는 통념, 한번 '남자맛'을 알게 된 여자는 남자 없이는 살 수 없다는 착각, 남자에게 여자는 트로피 아니면 하수구에 불과하다는 편견 등등. 그러나 지금의 시각에서 '여성혐오적'이라고밖에 말할 수 없는 이 소설은, 문단의 총아였던 26세의 젊은 작가 최인호를 단박에 청년문화의 대표주자이자 베스트셀러 작가로 만든 1970년대 최고 화제작이었다. 작품에 대한 반응의 이 천양지차를 우리는 어떻게 이해해야 하는가?

최인호의 『별들의 고향』은 1972년 9월부터 1973년 9월까지 조선일보에 연재되고 1973년 단행본으로 나왔다. 출간 후 이 소설은 출판 사상 처음으로 100만 부가 넘게 팔리면서 출판계가 술렁거릴 정도로 엄청난 화제를 불러모았다. 이듬해 작가의 고등학교 동기인 이장호는 데뷔작으로 이 소설을 영화화해 당시로서는 이례적으로 50만이 넘는 관객을 모았다. 1993년 개봉한 임권택 감독의 〈서편제〉가 100만 관객 돌파로 엄청난 화제가 되었음을 떠올려보면 1974년에 50만 관객이 얼마만큼 대단했는지 알 수 있다.

그 화제의 중심에는 여주인공 오경아가 있다. 작가에 따르면 신문 연재 당시 전국의 술집 여자들이 자신의 이름을 경아로 바꾸는 유행이 일고 남자들은 경아가 불쌍하다며 저녁마다 술을 마시는 진풍경을 벌일 정도였다. 그만큼 경아는 1970년대 대중에게 당대 문화를 대표하는 아이콘으로 깊이 각인된 존재다. 그러나 『별들의 고향』은 인기를 얻은 만큼 많은 비판을 받기도 했다. 최인호는 당대 문화를 주도했던 젊은 독자들의 입장에서는 1970년대 청년문화의 대표주자로 인식되었지만 한국 문단과 지식인 계층이 주도한 청년 담론 안에서는 '상업주의 작가' '호스티스 작가'로 폄하되었다. 그런 양극단의 평가는 『별들의 고향』에도 그대로 적용되었는데, 그 이면에는 '청년'에 대한 상반된 이해와 해석이 있었다.

1970년대는 긴급조치로 상징되는 검열과 억압의 독재 시대이자, 동시에 경부고속도로 개통, 텔레비전과 아파트의 대중화로 상징되는 급속한 경제성장의 시대였다. 그 과정에서 영미와 유럽 국가의 대중적이면서 선진적인 문화가 급격하게 유입되었다. 청바지, 통기타, 장발, 고고춤, 생맥주 등으로 상징되는 1970년대의 소비적인 청년문화는 이런 후진 정치와 선진 문화가 어색하게 공존하는 절름발 상황 속에서 만들어진다. 그런 상황에서 기성세대에게는 유치하고 향락적으로 받아들여졌던 새로운 문화의 향유가 당대 젊은이들에게는 정치적 구호를 대신하는 문화적 저항으로 받아들여졌다. 즉 1970년대 청년문화는 소비문화인 동시에 저항문화였다. 『별들의 고향』도 마찬가지다. 이 소설이 청바지와 통기타로 상징되는 청년문화를 직접적으로 다루진 않지만(영화에서는 작품의 청년문화적 성격이 좀더 두드러진다) 최인호는 「청년문화 선언」(한국일보, 1974년 4월 24일)을 통해 스스로를 청년문화의 대표 주자로 내세웠다. 이 소설이 '호스티스 소설'인 동시에 '청년문학'일 수 있었던 데는 그런 사정이 있다. 그렇게 호스티스는 청년과 만난다.

호스티스와 만난 청년은 누구인가? 『별들의 고향』의 화자인 남자 주인공 김문오다. '나'(문오)는 미대를 졸업했지만 창작욕을 상실한 화가로 시골의 부모에게 받는 생활비에 의존해 혼자 사는 서른 살의 백수다. '나'는 스스로를 "무능력자"라고 부를 만큼 삶에 대한 의욕을 상실한 채 매일 술을 마시며 권태와 무위의 시간을 보낸다. 한마디로 현실에 적응하지 못하는 어린아이 같은 인물이다. 경아도 마찬가지다. 경아는 '키 155cm 미만, 가슴둘레 78cm, 몸무게 44kg'의 어린아이 같은 몸을 가진, 밝고 낙천적이고 천진하고 귀여운 여성이다. 실제로 소설에서 경아는 '나이만 먹은 애기' '철부지' '어린애' 등과 같은 별명으로 불린다. '나'는 경아에게 말한다. "우린 피차 어린애 같은 사람들이야. 그래서 난 네가 좋아." 그들은 모두 "나이만 먹고 키가 큰 미성년자"이며 현실적인 사회생활을 하기에는 미성숙한(혹은 성숙을 거부하는) 존재다.

그들은 그렇게 미성숙한 어린아이의 포즈를 취한다. 왜 그런가? 실패, 특히 (첫)사랑의 실패에 대한 기억 때문에 그렇다. 먼저 '나'의 실패담. '나'가 철들고 사귄 유일한 여성은 한 살 어린 약대생(졸업 후엔 약사) 혜정이다. 혜정은 사귈 때 단 한 번의 키스도 허락하지 않은, 성관계가 불가능한 '선교사 부인'이다. 심지어 그녀는 '나'가 군대 간 사이에 좀 더 현실적이고 생활력 있는 남자와 약혼한 '깍정이'이기도 하다. 혜정은 한국 사회에서 혼전 성관계가 여성에게 어떤 상처가 될지를 너무나도 잘 알고 있었다. 사랑하는 혜정을 옆방에 둔 채 자위하는 '나'의 모습은, 사랑하는 여자를 성적·경제적으로 만족시켜줄 수 없는 남자의 좌절감을 적나라하게 보여준다. '나'의 유아기적 퇴행은 바로 이 실패에 대한 경험 때문이다. 그것은 일종의 자기변명이다. '내가 그림을 못 그리고 여자를 못 사귀는 것은 아직 어린아이이기 때문이다.' 스스로를 어린아이의 위치에 놓을 때라야 비로소 자신의 진짜 무능력을 감출 수 있게 된다.

그렇다면 경아는 어떤가? '나'의 실패가 불가능한 성관계 때문이라면, 경아의 실패는 그와 반대로 '너무' 가능한 성관계 때문이다. 첫사랑 영석을 만나기 전까지 경아는 적은 월급이나마 적금을 부으며 착실하게 생활한 어른스러운 여성이었다. 그러나 첫사랑 영석과의 혼전 성관계와 낙태 수술을 겪으면서 경아의 육체는 훼손되고 성적 대상으로서 그녀의 매력 또한 상실된다. 경아의 몸에는 그녀가 이미 성적·육체적으로 훼손됐다는 흔적, 즉 소파수술의 흔적이 각인되어 있기 때문이다. 그로 인해 경아는 가부장제 가족 질서 속으로 들어갈 수 없는 울타리 바깥의 여자가 된다. 경아의 어린아이다움은 바로 이러한 성적·육체적 훼손을 감추기 위한 일종의 자기 위장이다. 자신의 (성적) 능력 감추기. 그렇게 스스로를 어떤 성적 경험도 없는 순진무구한 어린아이로 상상함으로써 비로소 경아는 훼손 이전으로 돌아가 언제나 새롭게 시작할 수 있다는 자기 위안을 얻는다.

그러나 아이러니하게도 순진함을 연기하면 할수록 경아는 점점 더 망가지고 그럴수록 훼손 이전으로 돌아가는 것은 불가능해진다. 사무직 여성에서 번화가의 호스티스로, 변두리 선술집의 작부로, 급기야 밤거리의 싸구려 창녀로 전락하는 서사적 과정은 그녀가 점점 더 뚱뚱하고 못생겨지는 과정이기도 하다. 소설에서 더이상 어린아이를 연기할 수 없는 울타리 바깥의 여성은 결국 적절한 순간에 적절한 방식으로 제거된다. 여성에게 순결과 성적 개방 모두를 요구했던 소비 자본주의사회에서 성숙한 어른도, 순진무구한 어린아이도 될 수 없었던 경아는 결국 '나'에게 청춘의 회한만을 남긴 채 소멸된다. 그런 점에서 『별들의 고향』의 원래 제목이 '별들의 무덤'이었다는 사실은 의미심장하다. 그리고 그렇게 소멸된 경아는 한때 그녀와 어울렸던 남자들에게 우수 어린 멜랑콜리를 안겨준다.

경아와의 기억은 내 가슴에 숨겨져 있는, 끊임없이 과거에 미련을 갖고자 하는 꿈과 같은 환상일 뿐이었다. 거리에, 술잔에 숨어 있는 경아의 그림자는 그저 막연히 어디론가 떠나고 싶다는 나의 퇴색된 청춘의 그림자에 불과하였다.

'나'는 경아와의 만남을 통해 자기 안에 있던 젊은 날의 '슬픔, 절망감, 헛된 욕망, 우울함'을 떨쳐버리고 나서야 비로소 생활력을 갖춘 성인의 세계에 입문한다. 남성의 성장을 위해 여성은 그렇게 소비되고 버려진다. 『별들의 고향』은 비약적으로 발전한 개발독재 시대의 도시에서 현실에 적응하지 못한 채 갈팡질팡하던 남성이 호스티스 여성을 거치면서 훼손된 자기 세계를 복구하고 자기 주체성을 확립해가는 전형적인 남성 성장소설이다.

⑤

# 이문구

『관촌수필』
1977, 문학과지성사

# 다시는 그곳에 가지 못하리

이문구는 유년시절 한국전쟁의 참화를 온몸으로 겪은 작가다. 남로당 보령군당 총책으로 활동하던 부친은 6·25가 발발하자 곧바로 예비검속으로 사살됐고, 위의 두 형도 함께 빨갱이로 몰려 각각 오랏줄에 엮여 살해되고, 산 채로 바다에 수장됐다. 그 충격으로 넋이 나간 조부역시 곧 세상을 떠났다.

그후 이문구는 빨갱이의 자식이라는 이유로 실제 생명까지 위협받으며 늘 죽음의 공포에 시달려야 했다. 고향을 떠나 떠돌던 어린 그를 작가의 길로 이끈 것은 필화(筆禍) 사건에 휘말린 시조시인 이호우가 문인들의 구명 운동으로 풀려났다는 신문기사였다. 그 기사를 보고 그는 작가가 되면 죽음을 면할 수 있겠다는 생각에 문학을 하기로 결심한다.

문학은 그에게 죽음의 공포로부터의 구원이었다. 이때 이문구가 택한 것은 우익 문학인이었던 김동리의 그늘이었다. 잘 알려져 있다시피 김동리는 그를 작가로 키워주었고 그가 1970년대 이후 진보 문인의 길을 택한 뒤에도 그의 문학관에 일절 간섭하지 않으면서 정권의 위협으로부터 그를 보호했다. 이문구는 그런 김동리를 평생 사부로 모시며 의리를 다했다.

한국 현대사의 비극이 야기한 온갖 풍파와 인간사의 곡절을 두루 통과해온 이런 이력을 새삼스레 들추는 건 그것이 그의 문학적 내면의 형성과 무관하지 않기 때문이다. 몰락과 상실에 이어진 탈향과 간난신고의 심리적 파장, 그 이전의 충만했던 과거에 대한 통절한 상실감과 뼈저린 비애는 그의 문학 세계를 심층에서 움직여가는 은밀한 동력으로 작용했다.

그리고 지금도 전설처럼 회자되는 김동리의 소설 실기 수업에서의 유명한 일화 하나. 당시 서라벌예대 문창과 1학년이던 이문구의 습작 소설을 놓고 토론하던 중 사건도 줄거리도 없는 이게 어찌 소설이냐, 소설의 기초도 안 됐다며 학생들의 성토가 쏟아졌다(그 학생들 중에는 조세희, 한승원, 박상륭도 있었다). 그러나 김동리의 강평은 의외였다. "나는 이 학생이 앞으로 우리 한국 문단에 아주 희귀한 스타일리스트가 되리라고 생각합니다." 그리고 김동리가 출제한 그해 기말고사 문제는 놀랍게도 이문구의 습작 소설에 대해 논하라는 것이었다. 김동리의 예언은 적중했다. 그리고 이문구는 '사건도 줄거리도 없는', 기본기가 덜 됐다고 비판받은 바로 그 특징을 고유의 독창적인 스타일로 발전시켰다.

일관된 사건과 줄거리의 연속으로 구축되는 서구적 근대소설의 규범에 비춰보면 그것은 분명 결함이다. 그러나 이문구는 그런 서구적 소설의 관습과 규범을 훌쩍 일탈해 구어체적 사설(辭說)로 느슨한 구성을 얼기설기 엮어가는, 한국적 서사 전통에 뿌리박은 '다른 소설'의 스타일을 완성했다.

『관촌수필』은 이렇게 형성된 이문구의 문학 세계가 농익어 만개한 그의 대표작이다. 1972년 「일락서산(日落西山)」을 시작으로 「화무십일 (花無十日)」 「행운유수(行雲流水)」 「녹수청산(綠水靑山)」 「공산토월(空山吐月)」 「관산추정(關山芻丁)」 「여요주서(輿謠註序)」 「월곡후야(月谷後夜)」, 차례로 발표된 여덟 편의 단편이 한데 묶여 1977년 연작소설의 형태로 출간됐다.

이 연작은 작가의 실제 체험을 바탕으로 고향인 관촌부락(지금의 충남 보령시 대관동)에서의 충만했던 유년의 시간과 그의 가족 및 고향 마을 사람들의 이야기를 회상하는 자전적 소설이다. 연작을 여는 단편 「일락서산」에서 '나'는 고향을 찾는다. 그러나 그곳은 이제 그리던 그 고향이 아니다. 완전히 타락한 동네로 변해버린 고향의 모습을 보고 '나'는 가슴이 저미는 비감에 사로잡힌다. 모든 것이 퇴색하고 구차스럽게 변해버렸다. '나'의 살과 뼈가 여문 동네였지만 옛 모습을 제대로 간직한 건 아무것도 없었다. '나'는 탄식한다.

실향민. 나는 어느덧 실향민이 돼버리고 말았다는 느낌을 덜어버릴 수가 없었다. 고향이랬자 무덤들밖에 남겨둔 게 없던 터라 어차피 무심하게 여겨온 셈이긴 했지만, 막상 퇴락해버린 고향 풍경을 대하니, 나 자신이 그토록 처연하고 협협하며 외로울 수가 없던 것이다.

그러나 '나'는 탄식하는 데 그치지 않는다. 뼈저린 비애와 상실감 속에서 '나'는 잃어버린 고향을 기억 속에서 되살려낸다. 특히 고색창연한 이조인(李朝人)이자 위엄과 고고(孤高)의 상징이었던 할아버지의 존재는 '나'의 마음에 깊이 뿌리내린 고향의 이미지 그 자체다. 자기에게 지대한 정신적 영향을 끼친 조부의 풍모와 가르침을 회상하고, '나'를 키운 그 시절의 가족과 풍경들, 그들과 함께 어우러져 '나'를 감쌌던 갖가지 냄새들을 사무친 그리움으로 떠올린다. '나'가 떠올리는 고향은 근대 이전에 머물러 있지만 조화와 인정과 도리가 살아 있는, 그 자체로 충만한 이상적인 공간이다. 옛 고향은 이제 없다. 그러나 잃어버린 고향은 그렇게 기억 속에서 현재로 불려와 사뭇 온전한 모습으로 되살아난다.

그런데 이문구에게 고향이란 무엇인가? 그것은 지금은 사라져버린, 인정과 의리가 사람살이의 기본이 되는 조화와 화해의 공동체다. 그것은 '나'를 키운 모든 것이다. 언제나 넉넉한 품으로 '나'를 조건 없이 받아주고 감쌌던 고향 사람들도 그렇다. 「일락서산」에 이어지는 단편들은 그들의 인정미 넘치는 진면목을 하나하나 생생하게 되살려낸다.

예컨대 일곱 살에 허드레 심부름꾼으로 들어와 함께 살며 집안일을 도맡았고 걱실걱실한 성격에 '나'를 살뜰히도 챙겼던 옹점이(「행운유수」), 어린 '나'를 넉넉하게 받아주고 이웃의 궂은일에도 노고를 마다 않던 속 깊고 듬직한 성격의 대복이(「녹수청산」)와 신석공(「공산토월」) 등. 그들은 비록 배우지 못했지만 생래적으로 삶의 지혜와 법도를 몸과 마음에 익힌 의리와 인정 넘치는 존재들이다. 그들의 결곡한 심성은 전쟁의 회오리와 세상사의 신산고초도 비껴갈 만큼 한결같이 우뚝하다. 이문구가 기억 속에서 되살려낸 이 인물들의 면면은 근대의 계산적인 인심과 풍속에 밀려 사라져간 공동체적 인간 가치와 심성을 곡진하게 환기한다.

『관촌수필』은 지금 없는 고향과 그곳의 사람들에게 바치는 사무친 기억의 헌사이며 그로써 그 모든 것을 앗아간 한국적 근대의 마성(魔性)에 기억의 힘으로 저항하는 소설이다. 이문구는 과거의 고향을 그리움으로 기억하지만, 그것은 단순히 과거에 대한 복고적 노스탤지어가 아니다. 다시는 그곳에 가지 못한다는 것을 작가는 알고 있다. 오히려 그의 소설은 인정과 의리가 충만했던 공동체적 사람살이의 가치를 망각하고 상실해버린 산업화 시대의 소외와 타락의 현실에 대한 우회적이지만 강력한 비판이다.

　과거를 돌아보는 시선은 은연중 그렇게 현재를 겨냥한다. 그리고 그 과거의 기억은 더 나아가 오래된 미래에 대한 상상을 불러온다. 거기엔 또한 자신을 키운 그 가치를 잊지 않고 기어이 제 몸으로 살아내겠다는 고집스러운 다짐까지도 보이지 않게 얹혀 있다. 의고체 문장과 한데 엮인 생생한 충청도 방언과 토착적 입말의 사설이 유려하게 굽이치는 이문구 소설 고유의 문체는 그 다짐을 실천하는 문학적 형식이다. 이를테면 이런 문장.

　나는 여태껏 그 대복어메처럼 수다스럽고 간사스러우며, 걀근걀근 남 비위 잘 맞추고 아첨 잘하는 여자를 본 일이 별반 없는 줄로 안다. 그녀는 별 쭝맞게도 눈치가 빨라 무슨 일에건 사내 볼 쥐어지르게 빠드름했고 귀뚜라미 알듯 잘도 씨월거리곤 했는데, 남 좋은 일에는 개미허리로 웃어주고, 이웃의 안된 일엔 눈물도 싸게 먼저 울어댔으며, 욕을 하려들면 안팎 동네 구정물은 혼자 다 마신 듯이 걸고 상스러웠다. 키도 나지리한 졸토뱅이로서, 입 싸고 발 재고 손 바르며, 남의 말 잘 엎지르고 자기 입으로 못 쓸어담던 만큼은, 내 앞엔 입때껏 다시 없을 만한 여자였던 것이다.

이런 식의 문장은 간결하고 깔끔하게 정돈된 근대 표준어 문장의 어법을 의도적으로 멀리한다. 대신 구어의 맛을 살린 방만하고 질펀한 긴 호흡의 사설로 인물의 됨됨이를 생생하게 부각하면서 그와 결합된 토착적 정서 또한 더불어 되살려낸다. 대개가 그런 식이다. 능청능청 늘어지면서 느긋하게 늘적거리는 이문구 소설 특유의 문체는 그 자체로 근대의 속도에 대한 저항의 문학적 형식이다. 그의 문장은 개발의 시간에 역행하는, 어쩌면 사라진 농촌 공동체에나 있음직한 느긋하고 유장한 시간을 창조해낸다. 『관촌수필』에서 굽이치며 생동하는 한국어의 리듬과 말맛을 음미하며 읽어나가다보면 어느 순간 우리는 그 느긋하고 충만한 시간 속에 침잠하는 자신을 경험한다.

그러나 그가 사무치게 그리워했던 옛 고향이 그랬듯이, 이제는 그 작가 이문구마저 가고 없다. 이제 한국 소설에서 그가 우리에게 선물했던 조화로운 마음의 풍경과 한국어의 생동하는 말맛을 다시는 보지 못할 것이다. 마침 세상을 뜬 조부를 회고하는 「일락서산」은 상실의 비애가 짙게 저민 이런 문장으로 끝난다.

그 너머 서산마루에는 해가 지고 있었다. 지는 해가 있었다.

⑥

조세희

---

『난장이가 쏘아올린 작은 공』
1978, 문학과지성사

# 복수는 나의 것

"애비는 종이었다." 서정주는 그의 시 「자화상」에서 이렇게 썼다. 조
세희의 소설 『난장이가 쏘아올린 작은 공』(이하 '난쏘공')에서 '난장이'
의 큰아들 영수는 오랜 세월이 흘러 서정주의 고백을 이렇게 반복한
다. "아버지도 씨종의 자식이었다." 천년을 두고 대물림된 노예의 삶은
여전히 변하지 않았다. 네덜란드의 경제학자 얀 펜은 자본주의에서
필연적인 소득의 불평등을 난쟁이와 거인의 비유로 설명한 바 있다.
난쟁이는 자본주의 시대의 노예다. 조세희는 '난쏘공'에서 정당한 몫
을 빼앗긴 채 영원히 바닥을 벗어날 수 없는 자본주의 시대 하층민의
절망적인 삶을 '난장이'라는 신체적 불구로 상징화한다. 실제로 영수
의 아버지의 키는 117cm, 몸무게는 32kg이었다. 영수는 다시 말한
다. "아버지는 난장이였다."

'난쏘공'은 1970년대 산업화 시대에 종에서 가난한 철거민으로, 노
동자로 모습을 바꾼 노예의 삶을 대물림해 살아가는 사람들의 이야기

다. 가난과 비참은 상속된다. 철거될 집을 되찾기 위해 '딱지'(아파트 입주권)를 사서 되파는 사내에게 몸을 맡기는 영수의 동생 영희는 부자인 그를 보며 생각한다. 그는 태어날 때부터 부자였다. "우리는 출생부터 달랐다." 영수와 영희의 엄마도 말한다. "너희들은 엄마를 잘못 두어 이 고생이다." 빈부는 그렇게 이미 날 때부터 결정돼 있다. 물려받은 빈부의 거리와 격차는 아무리 싸우고 노력해도 바뀌지 않는다. '난쏘공'의 이 절망적인 인식은 오늘날 '흙수저'와 '금수저'의 거리로 상징되는 '수저 계급론'을 일찌감치 예견하고 있었다. 마침 '난쏘공'에도 수저가 등장한다. 그것은 녹이 슨 '놋수저'다. 영수는 꿈을 꾼다.

푸른 녹이 낀 놋수저를 아버지는 끌고 갔다. 머리 위에서는 해가 불볕을 내렸다. 아버지에게 그 놋수저는 너무 무거웠다. 그래서 불볕 속에서 땀을 흘리며 숨을 몰아쉬었다. 지친 아버지는 키보다 큰 수저를 놓고 쉬었다. 쉬다가 그 수저 안으로 들어가 누웠다. 아버지는 불볕을 받아 뜨거워진 놋수저 안에 누워 잠을 잤다. 나는 수저 끝을 들어 아버지를 흔들었다. 아버지는 눈을 뜨지 않았다. 아버지의 몸을 놋수저 안에서 오므라들었다. 나는 울면서 아버지의 놋수저를 잡아 흔들었다.

밥을 먹는 도구인 수저는 생계의 상징이다. 아버지는 자기 몸보다 더 큰 수저에 짓눌려 끝내 수저 안에서 오므라들어 죽는다. 수저가 아버지를 삼켜버린다. 살던 집이 철거된 후 실제로 '난장이'는 벽돌 공장

굴뚝에서 몸을 던져 자살한다. 아버지를 잃은 아들딸들은 은강그룹 계열사의 노동자로 일하며 열악한 작업 환경에서 생존마저 위협하는 저임금과 장시간 노동에 시달린다. 영수는 노동자의 정당한 권리를 주장하며 노동조합을 조직해 싸우지만 사측의 탄압으로 그마저 가로막히자 그룹 회장의 동생을 살해하고 감옥에서 숨을 거둔다. '난쏘공'은 산업화 시대 자본의 폭력에 짓눌린 난장이 가족의 절망적인 싸움과 패배와 죽음의 기록이다. 그들뿐만 아니라 그에 동조하는 반성적인 중간층, 그룹 회장 가족까지를 아우른 다양한 시선이 모자이크처럼 결합해 난장이 가족의 비극을 다양한 각도로 조명한다.

'난쏘공'은 1976년 단편 「칼날」을 시작으로 차례로 발표된 열두 편의 단편을 모아 1978년 연작소설집의 형태로 묶여 나왔다. 1970년대 중후반은 박정희 정권의 개발독재로 인해 축적된 사회의 모순이 본격적으로 터져나오던 시기였다. 저임금·저곡가 정책에 기반한 수출 주도형 산업화는 농촌의 해체와 도시 빈민의 양산, 노동조건의 악화를 불러왔고 빈부격차는 더욱더 벌어졌다. 특히 강압적인 국가권력을 등에 업은 자본의 횡포는 노동자에게 생계비에도 미치지 못하는 저임금과 살인적인 강도의 노동을 강요했다. 이 시기에 발표된 일련의 노동자 수기는 생생한 현장 체험을 바탕으로 그 비인간적인 노동의 현실을 고발하고 노동자 의식의 각성을 그리기 시작했다. 석정남의 『공장의 불빛』(1984)과 유동우의 『어느 돌멩이의 외침』(1977)이 대표적인 사례다. 한국문학이 당대의 노동 현실을 아직 본격적으로 다루지 못하고 있었을 때 이 노동자 수기들은 지식인 문학을 대신해 증언과 고발의 임무를 떠맡은 또다른 문학의 목소리였다. 이즈음에 발표된 조세희의 '난쏘공'은 그 현장의 목소리에 대한 지식인 작가의 응답이다. 작가는 '난쏘공'이 '내가 너무 아파서 지른 간절하고 피맺힌 절규'였다고 말한다. '난쏘공'은 1970년대 공장 노동자가 처한 고통스러운 노동 현실의 비참과 싸움에 대한 공감을 본격적이고도 적극적으로 담아낸 최초의 지식인 소설이었다.

'난쏘공'의 세계는 이분법적 대립의 세계다. 가진 자와 못 가진 자, 자본가와 노동자, 천국과 지옥, 정의와 불의 등의 선명한 대립이 작품 전체를 관통한다. 이러한 대립 구도는 현실의 모순을 그대로 반영하면서도 더욱 극적으로 부각하기 위한 작가의 전략이다. "싸움은 언제나 옳은 것과 옳지 않은 것이 부딪쳐 일어나는 거야. 우리가 어느 쪽인가 생각해봐."

이렇게 작가는 비참한 현실을 벗어나려는 난장이 가족의 싸움까지도 선명한 선과 악의 싸움으로 축약한다. 더불어 소설의 앞뒤에 배치된 뫼비우스의 띠 비유와 굴뚝 청소부의 우화, 그리고 미지의 흑성으로 우주여행을 떠나기로 한 교사의 이야기가 가세해 이 소설을 하나의 아름답고도 비극적인 잔혹 동화로 읽히게 한다. 하층민과 노동자의 비참한 현실과 극명히 대비되는 시적인 문체, 환상과 현실을 수시로 뒤섞고 교차시키는 서술 기법은 그 효과를 더욱 극대화한다.

작가 조세희는 이를 통해 결국 무엇을 겨냥하는 것인가? 작가는 사랑이 없는 불행한 세계가 자기의 공격 목표였다고 말했다. 난장이 가족이 살아가는 세계는 그런 세계다. 영수에 따르면 그 세계는 지옥이다. "천국에 사는 사람들은 지옥을 생각할 필요가 없다. 그러나 우리 다섯 식구는 지옥에 살면서 천국을 생각했다. 단 하루라도 천국을 생각하지 않은 날이 없다. 하루하루의 생활이 지겨웠기 때문이다." 사랑이 없는 지옥에 만연한 증오, 그리고 그에 대한 절망과 분노. 그들은 이미 '헬조선'을 앞질러 살고 있었다. 지옥 같은 삶을 벗어나 달나라로 가고자 했던 '난쏘공'의 난장이는 그곳을 사랑이 충만한 유토피아로 묘사한다. 그것은 지옥에서 꾸는 꿈이다.

아버지가 그런 세상에서는 지나친 부의 축적을 사랑의 상실로 공인하고, 사랑을 갖지 않은 사람 집에 내리는 햇빛을 가려버리고, 바람도 막아버리고, 전깃줄도 잘라버리고, 수도선도 끊어버린다. 그 세상 사람들은 사랑으로 일하고, 사랑으로 자식을 키운다. 비도 사랑으로 내리게 하고, 사랑으로 평형을 이루고, 사랑으로 바람을 불러 미나리아재비꽃 줄기에까지 머물게 한다. 아버지는 사랑을 갖지 않은 사람을 벌하기 위해 법을 제정해야 한다고 믿었다. 나는 그것이 못마땅했었다. 그러나 그날 밤 나는 나의 생각을 수정하기로 했다. 아버지가 옳았다.

　모든 것이 사랑으로 이루어지는 곳, 사랑의 율법이 지배하는 곳. 그곳이 '난쏘공'의 조세희가 그렸던 유토피아다. 그러나 그것은 불가능한 꿈이다. 은강그룹 회장을 죽이려다 그의 동생을 살해하는 영수의 선택은 정상적인 방법으론 그 꿈에 한 치도 다가갈 수 없으리라는 절망의 표현이다. 영수의 테러리즘은 희망 없는 세상에 대한 절망적인 복수다. 그리고 여동생 영희는 그 이전에 이미 그에게 가차없는 복수의 테러를 주문하고 있었다.

　　"아버지를 난장이라고 부르는 악당은 죽어버려."
　　"그래, 죽어버릴게."
　　"꼭 죽어."
　　"그래, 꼭."
　　"꼭."

　'난쏘공'의 이 사적 복수는 흔히 조직적·집단적 투쟁의 전망이 결여된 노동자의식의 한계(또는 작가의식의 한계)로 평가된다. 그러나 그렇게 치부하고 마는 것은 지나치게 상식적이고 지루하다. 좀더 멀리 나가보자. '난쏘공'에서 영수는 눈에 보이는 폭력만이 폭력이 아니라 아이들이 굶주리는 것을 내버려두는 것도 폭력이라고 말한다. 그는 반문

한다. "누가 감히 폭력에 의해 질서를 세우려는가?" 영수의 테러는 그 폭력의 질서를 겨냥한 복수다. 그런 점에서 그의 복수는 사랑을 갖지 않은 사람이 지배하는 폭력적인 법의 세계를 파괴하는, 사랑의 율법의 폭력이다.

오랜 세월이 흘러 박민규의 소설 『핑퐁』(2006)에서 폭력에 시달리던 두 왕따 중학생 '못'과 '모아이'는 가망 없는 폭력적인 세계를 통째로 '언인스톨'한다. 독일 평론가 발터 벤야민은 자기를 정당화하는 폭력의 법을 근원에서 폐기하는 폭력을 '신적 폭력'이라고 불렀다. 박민규의 '언인스톨'은 그 신적 폭력의 상상이다. 조세희가 그린 영수의 테러는 이 '언인스톨'의 소박한 1970년대 버전이라고도 할 수 있지 않을까.

2017년 4월, '난쏘공'이 300쇄를 찍었다고 한다. '난쏘공'의 이 끈질기고 오랜 생명력은 어쩌면 난장이 가족의 불행이 여전히 해결되지 않은 현재진행형임을 방증하는 것인지도 모른다. 그리고 아마도 '난쏘공'은 더 오래 살아남아 읽히며 우리의 오지 않는 미래를 환기할지도 모른다.

⑥

오정희

『유년의 뜰』
1981, 문학과지성사

# 여자는 어떻게 성장(못)하는가

초조였다.

오정희의 단편 「중국인 거리」의 마지막 문장이다. '초조(初潮)'란 초경(初經)의 다른 표현이다. 여자아이가 자기의 첫 월경을 자각하는 이 문장은 오래도록 화제가 되었다. 그것은 한국문학에서 새로운 여성소설이 시작되었음을 알리는 선언이었다. 「중국인 거리」와 함께 「유년의 뜰」「저녁의 게임」「별사」「어둠의 집」 등의 단편을 수록한 오정희의 소설집 『유년의 뜰』은 해방 후 한국 여성소설의 새로운 출발점이다.

1990년대 여성 작가들의 소설에 등장한 집 나가는 여자들을 우리는 기억한다. 당시 여성소설에는 가출하거나 바람피우는 여자들, 미친 여자들이 활보했다. 그녀들은 광기에 사로잡히거나 가정을 파괴하고 불륜에 빠져들었다. 모두 여성을 억압하는 가부장제의 굴레를 벗어던지려는 도전이자 몸부림이었다. 이들 소설에서 펼쳐지는 일탈적인 성(性)의 향연은 가부장제의 규범에 짓눌린 여성들이 정체성을 회복하고 새로운 세계를 향해 길을 떠나는 강렬한 자기 선언이었다. 오정희의『유년의 뜰』은 길 떠나는 여자들이 탄생하는 원초적 장면을 보여주는 소설집이다.

오정희는 작가 자신의 말처럼 수량의 중단편을 쓴 '과작(寡作)의 작가'로 단 한 편의 장편소설도 쓰지 못했다. 게다가 1998년 단편소설「얼굴」을 발표한 이후 지금까지 침묵하고 있는 잠정적 은퇴 작가이기도 하다. 그럼에도 불구하고 오정희는 한국 여성문학에서 중요한 위치를 차지한다. 그녀는 '여성작가들의 여성작가'다. 1980년대 이후 한국 여성문학의 테마와 방법 대부분은 오정희의 작품을 근간으로 형성되었다고 해도 과언이 아니다. 화자의 내면 독백을 앞세워 실제 현실과 환상의 구분을 모호하게 처리하는 수법, 단정적인 해석을 거부하는 시적 언어의 효과, 여성성을 통해 인간 존재에 대한 이해를 확장하는 작가의식. 이 모든 것은 오정희 문학의 인장(印章)인 동시에 시간을 뛰어넘어 1990년대 여성문학을 관통하는 주제 의식이자 방법론이기도 했다. 1990년대 이후 한국 여성문학의 기원을 거슬러올라가면 거기엔 오정희 소설이 있다.

오정희의 소설집『유년의 뜰』에는 다양한 여자들이 등장한다. 그들은 전쟁과 같은 사회적 격변기를 겪으며 여성의 성과 육체에 대한 통제가 느슨해진 틈을 타 성적·도덕적 일탈을 감행한다. 전쟁 막바지에 아버지 없이 낯선 피란지에서 생활하게 된 어느 가족의 한 시절을 다룬 표제작 「유년의 뜰」을 보자. 이런 여자들이 있다. 남의 닭을 훔쳐서 아이들의 고픈 배를 채우는 할머니, 아버지를 대신해 읍내 밥집에서 일하다가 뒤늦게 성적 쾌락에 빠진 바람난 '늙은 갈보' 어머니, 읍내의 "달착지근한 공기"에 매료돼 밤거리를 방황하는 언니, 탐식이나 도벽 같은 비정상적인 행동에 집요하게 매달리는 여자아이.

이들은 한국전쟁의 혼란 속에서 원하건 원치 않건 가부장제가 여성에게 할당한 천사 같은 아내와 헌신적인 어머니, 착한 딸이라는 제한된 역할을 벗어던진다. 이 바람난 여자들의 파행적인 삶의 형태를 종식시킬 수 있는 존재는 아버지다. 아버지가 돌아오면 처벌을 받을 것이다. 이 엇나가는 여자들은 가부장의 복귀를 두려워한다. 두려워할 뿐만 아니라, 거부한다.

교문 밖에서는 아버지가 기다리고 있는 것이다. 탱자나무 울타리 위로 솜사탕이 구름송이처럼 둥실 떠올랐다. 나는 이러한 광경을 보며 주머니 속의 케이크를 꺼내 베어물었다. 그것을 다 먹고 났을 때 갑자기 욕지기가 치밀었다. 참을 수가 없었다. 나는 꾸역꾸역 토해냈다. 단 케이크는 한없이 한없이 목을 타고 넘어왔다. 까닭 모를 서러움으로 눈물이 자꾸자꾸 흘러내렸다.

아버지가 돌아왔다는 소식을 듣자 나는 욕지기가 치밀고 구토를 참을 수 없다. 이는 아버지의 귀환에 대한 신체적 거부반응이다. 왜 아버지의 귀환을 거부하는가? 표면적으로는 그동안 저질렀던 자기들의 일탈적 행동에 대한 처벌의 두려움 때문이다. 그러나 그 안에 숨어 있는 것은 여성의 관능적 욕망이 가부장제의 규범에 의해 억압받는 현실에 대한 무의식적인 거부다.

여성의 성은 역사적으로 여러 사회제도, 가족, 법, 교회 등에 의해 통제되고 관리되어왔다. 남성의 성적 경험은 일종의 모험담으로 회자되는 반면, 여성의 성적 경험은 처벌받아야 할 나쁜 짓으로 매도된다. 여성에게 섹스는 임신과 출산을 위한 결혼을 통해서만 허락된다. 그동안 우리 사회에서 여성의 임신과 출산은 생명의 신비라는 메타포를 중심으로 해석되었다. 거기에 '여자는 약해도 어머니는 강하다'라는 통념까지 더해져 '어머니'는 결코 침범할 수 없는 초월적이고 신화적인 존재가 되었다. 여성 성장의 최종 종착지는 헌신적인, 이타적인, 자기희생적인 어머니인 것이다. 오정희의 소설은 이런 모성의 신화에 대한 도전이다. 작가는 묻는다. 과연 딸들도 그렇게 생각할까?

「유년의 뜰」 후속편으로 볼 수 있는 「중국인 거리」는 전쟁이 끝난 직후 인천 차이나타운으로 이사한 여자아이 '나'의 성장 과정을 여성의 (탈)모성적 운명과 결합해 다루는 소설이다. 소설에서 '나'는 스스로에게 묻는다. "나는 커서 무엇이 될까?" 처음에는 양공주 매기 언니처럼 반짝거리는 미제 물건을 갖고 맘대로 남자들을 만나는 여자가 되고 싶어한다. '양갈보' 매기 언니는 동네 사람들에게는 '천하의 망종'으로 비난받지만 '나'에게는 동경의 대상이다. 그러나 매기 언니의 성적 자유는 죽음이라는 대가를 치른다. 소설 속 미군 지아이(GI) 문화로 상징되는 화려한 자본주의 근대는 겉보기엔 여성에게 새로운 삶을 가능케 하는 것 같지만 실은 여성의 성을 착취하는 죽음의 문화에 불과한 것으로 드러난다. 그렇다면 '나'는 무엇이 되어야 할까? 성장기 여자아이는 누구를 역할 모델로 삼아야 하는가?

분명한 건 그게 '어머니'는 아니라는 사실이다. 특히 끊임없이 아이를 낳아 다산으로 주름진 배가 항상 부풀어 있는 어머니. '나'는 그런 어머니를 거부한다. 그런데 그럴 수 있을까? 어머니가 막 아이를 낳으려는 순간, '나'는 깊은 잠에 빠져든다.

나는 차라리 죽여줘라고 부르짖는 어머니의 비명과 언제부터인가 울리기 시작한 종소리를 들으며 죽음과도 같은 낮잠에 빠져들어갔다. 내가 낮잠에서 깨어났을 때 어머니는 지독한 난산이었지만 여덟번째 아이를 밀어내었다. 어두운 벽장 속에서 나는 이해할 수 없는 절망감과 막막함으로 어머니를 불렀다. 그리고 옷 속에 손을 넣어 거미줄처럼 온몸을 끈끈하게 죄고 있는 후덥덥한 열기를, 그 열기의 정체를 찾아내었다. 초조였다.

어머니가 아이를 낳는 순간 어린아이였던 '나'는 첫 월경을 한다. '나'는 이제 어머니처럼 임신과 출산이 가능한 가임기 여성이 되었음을 자각한다. 어머니의 힘겨운 출산과 자신의 초조 경험을 나란히 놓는 이 장면에서 '나'는 자신이 어머니의 삶에서 그리 크게 벗어나지 않으리라는 사실을 숙명으로 받아들인다. 동시에 앞으로 언젠간 생물학적 어머니로 살아가야 할 자신의 삶을 "이해할 수 없는 절망감과 막막함"으로 받아들인다. 죽음보다 더 고통스러운 어머니의 출산을 비애의 시선으로 바라보면서, 딸은 아이를 낳아야만 하는 생물학적 여성의 삶을 거부하고 싶지 않았을까? "초조였다"라는 이 소설의 마지막 문장은 그래서 자신에게 주어진 모성적 운명에 대해 '나'가 느끼는 초조함과 불안감의 표현으로도 읽힌다.

여기엔 숙명처럼 임신과 출산을 반복하는 여성의 동물적인 삶에 대한 거부 의식과, 그럼에도 불구하고 그런 여성적 삶을 받아들일 수밖에 없으리라는 깊은 체념이 공존한다. 오정희의 소설은 이를 통해 모성에 대한 순응과 거부라는 오래된 이분법적 프레임을 벗어난다. 오정희의 소설은 그렇게 모성이 지닌 복잡하고 모순적인 성격을 직시하면서 저항과 체념으로 응어리진 한국 사회 여성의 삶을 성찰한다.

오정희의 유년기 소설에서 여자아이는 자신의 주변 인물들에게서 바람직한 역할 모델을 발견하지 못한다. 그녀는 그런 여성적 삶의 모습을 거부와 순응이 뒤섞인 복잡한 시선으로 바라본다. 그러면서 여성으로서 자기의 삶을 비극적인 것으로 인식한다. 온갖 모순으로 뒤엉킨 여성의 삶을 자각하고 그 모순을 자신의 숙명으로 내면화하는 것. 관습적인 가부장제의 굴레를 거부하면서도 그로부터 결코 벗어날 수 없는 여성의 운명을 아프게 수긍하는 것. 여자아이는 이를 거쳐 성장한다. 여자아이의 그런 성장 아닌 성장은 개발과 발전이라는 남성 주도적 자본주의 근대와 결합된 가부장제의 억압에 짓눌린 여성의 삶을 비추는 거울이다. 오정희의 소설집 『유년의 뜰』에는 한국 사회를 살아가는 여성의 존재 조건에 대한 뜨거운 성찰이 담겨 있다.

⑦

이문열

『젊은 날의 초상』
1981, 민음사

## 우익 문학청년의 탄생

그는 "촛불 시위의 정연한 질서와 일사불란한 통제 상태에서 '아리랑 축전'에서와 같은 거대한 집단 체조의 분위기"를 읽어내고 으스스한 느낌이 들었다고 전해왔다(조선일보, 2016년 12월 2일). 보수의 죽음으로 그는 상처받았다. 그 이전에 그는 오래전부터 세상과의 거친 논쟁으로 입은 상처를 토로하고 있었다. 2001년에는 한 보수 매체에 실린 칼럼이 문제가 되어 사람들이 그의 책을 한데 모아 불태운, 사상 초유의 분서갱유 사건도 겪었다.

그는 말한다. 그 논쟁과 사건들은 "상처를 줄 뿐만 아니라 나를 더 과격하고 공격적으로 만들었다". 그리고 고백한다. "1980년대 후반 이후 내 편은 없었다. 사실 다 왼쪽으로 가버리고 혼자 남으니 불안하기도 했다." 좀더 들어보자. "(진보로) 옮겨 앉을 때를 놓친 후 (보수가) 나에게는 하나의 의무가 된 것 같다." 그리고 "세월이 지나니 이제는 속된 말로 배 째라 하는 심정"이다(EBS 〈시대의 초상〉). 왼쪽으로 치우쳤다고 생각하는 세상과 불화를 고집하는 고독한 보수의 절박한 오기가 느껴지는 고백이다. 그는 누구인가?

그는 이문열이다. 그는 1980년대 최고의 문제 작가로 일컬어진다. 이문열은 『사람의 아들』『황제를 위하여』「금시조」『영웅시대』「우리들의 일그러진 영웅」 등의 문제작을 연이어 발표하며 1980년대에 비평가와 대중 독자 모두에게 사랑받은 작가였다. 평론가 김현에 따르면 인기의 비결은 교양주의에 있었다. 그의 소설은 "계몽주의적 열정이 만들어낸 웅변조의 감정을 미학적 교양으로 감싼, 계몽주의의 마지막 불꽃"(『행복한 책읽기』)이었다. 1980년대 이문열의 소설은 현실을 등진 예술지상주의와 동양적 귀족주의, 반민중적 엘리트주의의 문학적 완성을 향해 달려가며 보수적 문학주의의 토대를 차근차근 쌓아가고 있었다. 그리고 그 출발점에 『젊은 날의 초상』이 있다.

『젊은 날의 초상』은 가난한 젊음의 고뇌와 방황을 그린 소설이다. 「하구」「기쁜 우리 젊은 날」「그해 겨울」 등 연이어 발표한 세 편의 중편을 묶어 1981년 단행본으로 출간했다. 1980년 광주민주화항쟁을 거쳐 군사정권의 폭압 통치가 극에 달한 시절, 그런 시대의 격랑을 짐짓 모른 척한 젊음의 고뇌와 미학적 교양의 순례기를 쓰고 또 독자에게 각광받은 것은 그 자체로 징후적인 현상이다. 『젊은 날의 초상』은 환멸과 허무를 딛고 재생을 다짐하는 한 젊음의 순례라는 교양소설의 형식을 통해 이후 전개될 우익 문학주의가 발아하는 원초적 장면을 보여준다.

한국문학사에는 월북하거나 빨치산으로 활동했던 좌익 아버지를 둔 가족사를 원죄처럼 짊어졌던 작가들이 있다. 김승옥과 이문구, 이문열이 바로 그들이다. 김승옥은 그의 문학에서 아버지의 존재를 삭제했으며 이문구는 우익 문학자인 김동리의 그늘로 들어가 그를 유사 아버지로 모심으로써 원죄를 방어했다. 그런데 월북한 아버지는 이문열에겐 어떤 존재였는가? 그는 '헛된' 이념을 좇아 처자식을 버린, 그래서 온 가족을 연좌제의 고통 속에 내던진 이기적인 존재다. 그런 아버지에 대한 그리움과 증오의 복합 감정은 이문열 문학의 은밀한 동력이며 아버지 반대쪽인 우익 보수의 길로 내달리게 만든 숨은 동기다.

『젊은 날의 초상』은 이문열의 자전적 소설이다. 이제는 삼십대 중반의 중년이 된 '나'가 황폐하고 혼란스러웠던 젊은 날을 회상한다. 낯선 도시의 싸구려 하숙방을 전전하며 떠돌던 '나'는 열아홉을 넘긴 나이에 고향 강진으로 돌아와 대학 입시를 준비한다. 불안과 비애에서 탈출해 황폐한 자신의 삶을 구원하는 길이 대학 진학에 있다고 생각했기 때문이다. 그러나 쓰라린 질병의 고통과 정신적 고뇌를 겪고 가까스로 대학에 입학한 후에도 생활은 순조롭지 않다. 가난에서 비롯된 극심한 피로, 지적 허기와 치기로 점철된 불안정한 생활, 이상과 현실의 괴리로 인한 방황, 실연의 아픔으로 '나'는 고통받는다. 와중에 '나'를 버티게 한 건 '진정한 가치'에 대한 갈망과 지식에 대한 허기다. 함께 어울렸던 동기인 김형이 어이없이 죽고 하가마저 떠나자 '나'는 대학을 중도에 그만둔다. 그러다가 '나'는 무허가 여인숙에서 열다섯 살짜리 고아 소년 김순동을 만난 뒤 진리에 대한 자신의 탐구가 사실은 지적 허영에 불과했음을 깨닫는다. 그렇게 '나'는 '허망한 도회, 허망한 삶, 배움'을 벗어나 새로운 여행을 시작한다. 그리고 그 여행의 끝에서 비로소 '나'는 깨닫는다. 절망이야말로 가장 순수하고 치열한 정열이며 구원이라는 사실을, 그 깊은 절망을 통해서만 진실한 예술적 영혼은 존재할 수 있다는 사실을.

나는 생각한다. 진실로 예술적인 영혼은 아름다움에 대한 철저한 절망 위에 기초한다고. 그가 위대한 것은 그가 아름다움을 창조하였기 때문이 아니라, 그것이 불가능한 줄 알면서도 도전하고 피 흘린 정신 때문이라고. 이 글도 마찬가지—만약 이 글에 가치를 부여한다면 그것은 그 겨울의 진실과 아름다움에 대한 불완전한 모사(模寫)가 아니라, 필경은 불가능한 줄 알면서도 내가 지새운 피로와 번민의 밤에 대해서라고.

작가에 따르면 아름다움은 도달하지 못할 줄 알면서도 끝까지 동경하고 추구해야 할 절대적인 가치다. 비록 그에 다다르지 못해 절망한다 해도, 그 절망을 떠안고 불가능을 무릅쓰는 예술적 고투가 '나'를 구원할 것이다. 누추한 현실을 초월한 절대적 가치로서 예술에 대한 갈망과 절망을 절대화하는 이 도저한 예술지상주의가 이 소설이 다다른 결론이다.

『젊은 날의 초상』이 당대 독자들을 매혹시킨 요인은 고통과 시련을 겪으며 성숙의 길로 나아가는 고전적인 성장 서사가 주는 매력에 있었다. 그리고 작가는 저 결론에 이르는 길의 곳곳에 '나'의 입을 통해 철학·종교·문학을 종횡하는 방대한 지식과 교양의 숲을 쌓아올린다. 플라톤, 아우렐리우스, 니체, 하이데거, 비용 등 계통과 두서없는 서구적 교양의 목록이 현란하게 나열된다. 『젊은 날의 초상』에서 소개되는 이 방대한 서구적 지식과 교양의 목록, 그리고 그를 경유한 과시적인 관념 체계의 현시는 소설을 읽는 독자들의 교양주의적 욕구를 함께 자극했다. 어쩌면 독자들이 이 소설에서 보았던 것은 헤르만 헤세의 소설 『데미안』의 한국적 버전이었는지도 모른다.

그런데 『젊은 날의 초상』에서 예술의 아름다움을 신비화하는 저 교과서적 결론을 떠받치는 것은 무엇인가? 그것은 바로 현실에 대한 냉소와 비하다. 예술의 가치는 현실을 초월한다. 예술의 절대성 앞에서 현실은 초라하다. 예술의 아름다움은 도전하고 피 흘릴 가치가 있는 무엇이고 그에 대한 절망조차 의미 있는 것이지만, 현실은 그럴 가치가 없다. 현실은 인정할 수 없고 용납할 수 없는 것이다. 왜냐하면 현실은 질병과 고통과 비애로 얼룩진, 그래서 반드시 탈출해야 하는 열등한 것이기 때문이다. 아무리 애써봐야 현실은 좋아지지 않는다. 그러니 굳이 바꾸려고 할 필요도 없다. 이것이 『젊은 날의 초상』 이면에 숨어 있는 작가의 논리다.

현실에 대한 지독한 냉소, 또 그와 반비례해 높아지는 지식과 교양, 문학과 예술에 대한 갈망이 이 소설의 기본 축이다. 그리고 이 축을 이끌어가는 건 작가의 내면을 움직이는 어떤 정념이다. 그리고 그것은 소설의 곳곳에서 각기 다른 모습으로 누설된다. 그 정념이란 대체 무엇인가?

그것은 원한(ressentiment)이다. 평균치의 삶조차 누리지 못하게 될지도 모른다는 두려움이 '나'를 지배한다. 애초 '나'가 유랑을 끝내고 대학에 들어가려고 했던 건 가난한 하층민의 삶을 벗어나 평균치의 삶에 도달하고자 하는 욕망 때문이었다. 그러나 천신만고 끝에 들어간 대학 생활도 고통의 연속이다. 가정교사 생활의 고단함, 모범생 동기들에 대한 열등감, 그리고 책에 대한 턱없이 높은 갈망. 대학 생활은 오히려 자신의 궁핍한 삶을, 그러한 삶에서 벗어날 수 없을지도 모른다는 절망감을, 그런 자기와는 달리 경제적·문화적으로 풍족한 동기들에 대한 열등감을 선명하게 드러내고 증폭시키는 계기가 된다.

자신이 속한 문학회 회원들을 향한 조롱과 기괴한 복수, 사랑하던 혜연의 풍족한 세계를 견디지 못해 망가뜨리는 악의적인 폭음과 주정, 또 그 이면의 뒤틀리고 비꼬인 자의식 등. 이 모든 것은 자신의 입신출세를 불가능하게 하는 "혹심한 궁핍"에 대한 원한에서 비롯된 것이다. 절대적이고 영원한 지식과 교양, 문학과 예술의 진리에 대한 갈망은 원한을 야기한 그 현실을 초월하고자 하는 욕망에서 비롯된 것이다.

일본의 문학평론가 가라타니 고진은 입신출세의 좌절에서 비롯된 원한이 근대문학의 동력이라고 이야기한다. 그리고 소설가 이청준은 문학이 "그를 패배시킨 현실을 자기 이념의 질서로 거꾸로 지배해나가려는 강한 복수심"(「지배와 해방」)에 의해 쓰인다고 말했다. 이문열의 소설 또한 복수의 문학이다. 그의 『젊은 날의 초상』은 그 원한과 복수심을 자양 삼아 자라난 젊은 우익 문학주의의 내면 풍경과 그 탄생의 장면을 보여주는 소설이다.

⑦

조영래

『어느 청년노동자의 삶과 죽음
—전태일 평전』
1983, 돌베개

# 불타는 책

출간 자체가 하나의 사건이 되는 책이 있다. 사람들의 마음을 뒤흔들고 그리하여 세상을 움직이는 그런 책. 읽은 이의 삶을 통째로 뒤바꾸고 그렇게 한 시대의 뜨거운 상징으로 살아남는 그런 책. 1983년 '어느 청년노동자의 삶과 죽음'이라는 제목을 달고 나온 '전태일 평전'이 바로 그런 책이다. 이 책은 시대의 한가운데서 불타오른 하나의 사건이다. 소설이 아직 숨가쁜 현실을 따라잡지 못하고 있었을 때 수기와 르포르타주 같은 증언문학은 기층민중과 노동자의 현실을 증언하고 고발하는 중요한 미디어로 기능했다. 1980년대 초 이 책은 그렇게 세상에 던져졌다.

『어느 청년노동자의 삶과 죽음—전태일 평전』(이하 '전태일 평전')은 1970년 11월 13일 "우리는 기계가 아니다" "근로기준법을 준수하라"라고 외치며 분신한 청계피복 노동자 전태일의 일대기를 그렸다. 1976년 완성되었지만 출판 검열로 한국에서 발표되지 못한 이 책은

1978년 일본에서 먼저 '불꽃이여 나를 태워라'라는 제목으로 출간된다. 한국에서는 1983년에 이르러서야 '어느 청년노동자의 삶과 죽음'이라는 제목으로 나왔다. 그간 숨겨져 있던 저자가 인권변호사 조영래였다는 사실은 1991년 '전태일 평전'이라는 제목으로 개정판이 나오면서 비로소 세간에 알려진다.

'전태일 평전'은 전태일이 남긴 대학노트 세 권 분량에 담긴 일기와 수기, 그리고 짧은 습작 소설을 바탕으로 재구성한 그의 삶과 죽음의 기록이다. 이 책은 '평전'의 형식을 취했지만 그 자체로 뛰어난 하나의 문학작품으로도 읽힌다. 시와 소설로 나뉘는 엄격한 장르적 기준을 적용한다면 이 책은 당연히 문학작품이라 할 수 없다. 그러나 '전태일 평전'은 오히려 그런 경직된 문학의 범주를 초월한다. 이 책은 일기, 수기, 증언, 르포르타주, 자서전 등 온갖 잡다한 장르들의 몽타주다. 그 다양한 비문학적 형식들의 조합과 배치, 장르의 교차와 혼합이 창조해낸 것은 전태일의 삶과 죽음이라는 입체적 드라마다.

산업화 시대 한국의 비참한 노동 현실 속에서 분투하다 자기 몸을 불사른 전태일의 눈물겨운 고뇌와 희생적 삶의 드라마. 당시 많은 이가 이 드라마에 몰입해 눈물을 흘렸고 감동을 받았다. 그 감동은 노동자의 열악한 현실의 개선을 위해 자기를 헌신하고 불사른 전태일의 자기희생적 삶에 대한 뜨거운 공감에서 오는 것이었다. '전태일 평전'은

**119**

그 사실 자체가 주는 감동을 실제 기록의 재구성과 효과적인 배치를 통해 증폭하는 숭고한 자기희생의 드라마를 완성한다.

"대학생 친구가 하나 있었으면 원이 없겠다." 이는 전태일이 전문적인 법학 개념과 법률 용어가 많이 나오는 '근로기준법' 책을 혼자서 깨치려 애쓰면서 수없이 되뇌던 문장이다. 3년 남짓 학교를 다닌 게 학력의 전부였던 전태일의 절망과 소망이 담긴 저 문장은 많은 이가 '전태일 평전'에서 가장 사무치게 기억하는 대목이기도 하다.

1970년 전태일 분신 사건은 당시 대학과 지식인 사회에 큰 충격을 주었다. 그 충격의 이면엔 대학생이고 지식인이라면 마땅히 알았어야 할 참혹한 노동 현실을 알지 못했다는 자책감과 우리 사회의 약자를 미처 돌보지 못했다는 죄의식이 있었다. '전태일 평전'의 드라마는 이 윤리적 죄의식을 시간을 뛰어넘어 환기하고 증폭했다. 이 책이 환기한 윤리적 죄의식은 당시 대학생들이 전태일의 삶에 공감하고 더 나아가 그런 자기희생적 삶을 실천적으로 모방하게 하는 동력으로 작용했다. 일례로 진보정당 대표 심상정은 서울대 재학 시절에 '전태일 평전'을 읽고 큰 충격을 받고 노동운동의 투사가 되었다고 고백한다. 1980년대의 많은 대학생이 그러했다. 전태일의 비극적 삶과 죽음의 기록이 당시 대학생들의 의식과 삶의 행로에 얼마나 큰 영향을 끼쳤는지를 보여주는 사례다.

'전태일 평전'은 총 5장으로 구성되어 있다. 전태일의 기록은 자기 삶을 옥죄었던 지배자의 언어를 벗어던지고 윤리적 주체로서 자기 삶의 서사를 새롭게 쓰고 완성하기까지의 고통과 고뇌와 역경을 오롯이 보여준다. 어린 시절을 다룬 1장을 제외한 나머지 부분에서는 전태일이 평화시장에서 '청년노동자'로서의 정체성을 자각하는 일련의 과정을 다룬다. 전태일의 서사는 우리에게 익숙한 성공 신화가 얼마나 허구적인 서사인지, 아울러 '개천에서 용 난다'거나 '열심히 노력하면 성공한다' 등과 같은 말이 얼마나 실현 불가능한지를 뼈아프게 폭로한다.

근대화가 본격적으로 진행되던 1960~1970년대를 지배했던 마스터 플롯은 성공의 서사였다. 당시 대중을 사로잡았던 서사는 가난한 시골 청년이 서울에 와서 낮에는 공장에서 열심히 일하고 밤에는 야간학교에서 열심히 공부해서 성공했다는 이야기다. 가난한 촌년과 촌놈이 성공하려면 배워야 한다. 그러나 전태일은 깨닫는다. '배움=성공'이라는 논리는 박정희 개발독재 시대에 못 배우고 가난한 자들을 개발의 전쟁터에 동원하기 위한 허구적인 이데올로기에 불과한 것이었다.

'전태일 평전'은 이러한 성공의 서사를 역행하는 실패의 서사다. 즉 그것은 성공의 의미를 반성하고 역전시키는 숭고한 실패의 서사다.

전태일도 한때는 배우기만 하면 성공한다고 믿었다. 그래서 그는 검정시험을 준비하지만 곧 포기한다. 커피 한잔값밖에 안 되는 일당을 받으며 하루에 14~15시간씩, 바쁠 때는 잠 안 오는 약을 먹으면서 3일 이상 버텨야 하는 노동자들에게 공부는 사치였다. 그러다가 열악한 노동환경 속에서 저임금과 장시간 노동에 착취당하는 어린 소녀들을 목격한 뒤, 전태일은 비로소 어린 시절부터 좇았던 성공이라는 가치와 신념 자체에 문제를 제기하며 이를 포기한다. 타인의 고통을 직면한 뒤에야 비로소 그는 폐쇄된 자아의식에서 벗어나 자아를 그 바깥의 세계로 확장한다. 그것은 그에게 좁은 자아의 환상을 버리고 자신과 이웃과 세계에 대한 참되고 순수한 관심의 햇살이 비치는 곳으로 나아가는 과정으로 묘사된다.

이제 전태일에게 타인은 더이상 타인이 아닌, 자기 존재의 일부다. 그는 그렇게 세계 속으로 걸어들어가 세계의 고통을 앓는 존재가 된다. 그리하여 피를 토하면서 쓰러진 여공과 막노동판에서 버림받은 밑바닥 인생은 그에겐 단순히 고통받는 타인이 아니라 "위로해야 할 나의 전체의 일부"로 들어온다. 1970년 8월 9일, 서울 삼각산의 임마뉴엘수도원 건설 현장에서 잡역부로 일하던 전태일은 결단을 내린다. 그리고 마침내 자신이 재단사로 일하던 평화시장으로 돌아가기로 한다.

이 결단을 두고 얼마나 오랜 시간을 망설이고 괴로워했던가? 지금 이 시각 완전에 가까운 결단을 내렸다. 나는 돌아가야 한다. 꼭 돌아가야 한다. 불쌍한 내 형제의 곁으로, 내 마음의 고향으로, 내 이상의 전부인 평화시장의 어린 동심 곁으로. 생을 두고 맹세한 내가, 그 많은 시간과 공상 속에서, 내가 돌보지 않으면 아니 될 나약한 생명체들. 나를 버리고, 나를 죽이고 가마. 조금만 참고 견디어라. 너희들의 곁을 떠나지 않기 위하여 나약한 나를 다 바치마. 너희들은 내 마음의 고향이로다.

오랜 방황과 고민 끝에 전태일은 '불쌍한 형제, 어린 동심, 나약한 생명체들' 곁으로 돌아가 "나약한 나를 다 바치"기로 결심한다. 그리고 그는 자기를 불사른다. 이 자기희생의 결단을 가능케 한 힘은 무엇인가? 무엇이 그를 숭고한 주체의 길로 이끌어가는가? '전태일 평전'의 저자는 답한다. 그것은 죄의식의 윤리다.

'전태일 평전'은 세 겹의 죄의식으로 둘러싸여 있다. 전태일과 작가 조영래, 그리고 작품이 일깨우는 독자의 죄의식이 각각 그것이다. 가장 안쪽에는 전태일의 죄의식이 있다. 고된 노동 때문에 사지가 마비되고 각혈로 죽어가는 어린 소녀들, 즉 노동 피라미드의 최하층을 차지하는 '시다'들에 대한 전태일의 죄의식. 물론 그는 이들에게 어떤 잘못도 저지르지 않았다. 잘못은 가장 기본적인 근로기준법조차 지키지 않는 자본가와 그런 자본가의 노동 착취를 묵인하는 국가에 있다. 그럼에도 불구하고 그는 죄의식을 느낀다. 내 잘못은 아니지만 내 책임이다. 그는 그렇게 고통스러운 죄의식을 스스로 짊어진다. 전태일의 드라마는 자기희생을 통해 이 죄의식의 윤리를 완성하는 숭고한 주체의 드라마다.

이러한 죄의식의 감각은 이 책의 저자이자 서술자인 조영래에게서도 반복된다. 본시 평전은 한 인간의 삶을 객관적으로 서술하고 의미화하는 장르다. 그럼에도 불구하고 '전태일 평전'에서는 작가와 대상(전태일) 사이의 비평적 거리가 자주 무화된다. 급기야 전태일이 근로기준법 책과 함께 스스로를 불태운 1970년 11월 13일을 다룬 마지막 장에서, 작가는 서술자의 객관성을 잃고 대상에 완전히 동화되고 빙의된다. 그 지점에서 조영래와 전태일의 언어는 하나가 된다. 그 동화와 뜨거운 감정이입이 보여주는 것은, 세계의 고통에 대한 책임을 스스로 짊어진 전태일의 죄의식과 자기희생의 다짐이 저자에게까지 감염되는 사건이다.

감염되는 건 저자만이 아니다. 이러한 죄의식의 감정이입과 동화는 '전태일 평전'을 읽는 독자들에게도 공히 일어나는 사건이다. '전태일 평전'은 그 세 겹의 죄의식이 창조하는 살아 있는 텍스트다. 이것이 만들어낸 것은 일종의 '죄의식의 공동체'다. 이 책을 읽는 경험은 그 '죄의식의 공동체'에 참여하고 그 윤리적 거울을 통해 자기 자신을 비추어보는 반성적 경험이다. 이 책이 세월을 뛰어넘어 현실 속에서 끈질긴 생명력을 발휘할 수 있었던 힘의 원천은 거기에 있다.

⑧

# 김원일

『마당 깊은 집』
1988, 문학과지성사

# 아비 없는 세상에서

어린 시절 전쟁을 겪은 작가들에게 6·25전쟁은 작품의 중요한 소재이자 동기였다. 예컨대 이청준, 이문구, 김원일, 윤흥길, 이동하, 박완서, 오정희 등의 소설에서 유년기의 전쟁 체험은 이후의 삶에 영향을 미친 중요한 사건으로 다루어진다. 이들 작가에게 전쟁은 역사적 트라우마인 동시에 개인사적으로도 문제적인 사건이었다. 이들의 소설에서 전쟁은 대개 이념이나 체제 선택의 문제가 아닌, 가족의 문제 혹은 생존의 문제와 관련된 것으로 그려졌다. 김원일의 장편소설 『마당 깊은 집』이 대표적이다.

김원일의 『마당 깊은 집』은 현재 사십대 전업작가인 '나'가 열세 살 소년이었던 과거를 회고하는 자전적 소설이다. 전쟁이 끝난 직후인 1954년 피란지 대구에서 작가가 실제 겪은 가난했던 한 시절이 담담한 회고조로 서술된다. 『마당 깊은 집』은 1988년 출간된 이후 지금까지 대중 독자들의 꾸준한 사랑을 받는 스테디셀러다. 1990년 초에는

TV 드라마로 각색돼 많은 인기를 얻었으며 1992년에는 예능 프로그램인 〈느낌표〉 '책책책 책을 읽읍시다!'에 소개되면서 다시 큰 화제가 되기도 했다. 이러한 인기를 반영하듯 소설의 배경이 된 대구에는 『마당 깊은 집』 투어 코스가 만들어져 관광객들의 눈길과 발길을 끌고 있다. 어린 소년이 경험한 전후의 가난한 살림살이를 그린 이 소설에 대한 대중적 호응은 특별한 것이었다. 그것은 이 소설이 전쟁과 산업화로 대표되는 고난과 풍파를 견디며 살아왔던 한국 사회 대중의 집단의식의 민감한 한 부분을 건드렸기 때문이다.

  이 소설에서 김원일은 전후 피란지 대구의 궁핍하고 고단했던 일상의 풍경을 정교하게 재구성한다. '나'(길남)는 월북한 아버지를 대신해 생계를 책임져야 했던 어머니의 기대와 닦달을 한몸에 받으며 어린 나이에 소년가장의 책임을 짊어져야 했다. 어린 '나'에게 1954년의 대구는 온갖 생존의 소용돌이가 몰아치는 극한의 공간이었다. 함께 세 들어 살던 사람들 모두 마찬가지다. 이들은 전쟁통에 원래 살던 곳에서 밀려나 낯선 피란지에서 살아가야 했던 이방인들이다. 경기도 연백에서 피란 온 경기댁네, 강원도 평강 출신 퇴역 상이군인 가족인 준호네, 평양에서 피란 온 평양댁네, 그리고 바깥채의 김천댁 모자. 이들은 모두 한반도 각지에서 대구로 흘러들어온 유민이자 난민이었다. 이들 집안은 모두 '~댁'으로 불렸다. 그것은 가부장 없는 가정의 명칭이다. 대구는 남편 없는 여자들이 아버지 없는 자식들을 데리고 모여든 난민들의 임시 거주지였던 셈이다.

  소설의 많은 부분은 그 시절 『마당 깊은 집』 사람들을 포함한 피란민들이 얼마나 가난했는지를 서술하는 데 할애된다. '나'와 동생들이 점심밥을 굶는 건 예사였고 제대로 먹지 못해 걸핏하면 다리를 휘청하며 넘어졌다. 아이들은 늘 굶주림에 시달렸지만 배불리 먹을 기회는 자주 오지 않았다. '나'가 신문을 배달하던 고아원 아이들은 또 어떤가. "올챙이 배, 꼬치꼬치 마른 다리, 부스럼 머리통, 마른버짐 얼굴, 부스스한 머리카락"의 거지꼴을 한 아이들은 그 자체로 전쟁 직후의 가난이 얼마나 끔찍하고 절박한 문제였는가를 보여준다. 그리고 동생인 길수의 죽음. 그는 "들퍽지게 쌀밥 한 그릇 먹어보지 못한 채" 여덟 살에 뼈가죽만 남기고 죽었다. '나'는 동생의 죽음이 "태어난 뒤 전쟁을 만나 젖은 물론 건더기 있는 음식을 두 해 넘이 제대로 먹지 못함으로써 뇌와 오장육부가 제 터를 잡지 못했"기 때문이라고, 지금도 생각한다.

  그렇게 가난은 어린 시절 전쟁을 경험한 세대에게 강렬한 기억으로 각인된다. 그것은 단순히 과거의 궁핍했던 경험에 대한 기억이 아니라 현재의 삶에도 여전히 영향을 미치는 강렬한 파토스다. 배를 가장 많이 곯았던 시절의 경험은 이제 "세 끼니 먹는 걱정을 하지 않게 된 지 오래인 지금"의 '나'에게 배를 가득 채워야 숟가락을 놓는 식사 습관을 남겼다. 어머니는 그 시절 먹는 데 포한이 들어 그후 육류를 즐기는 과식의 습관을 갖게 됐다. 그 때문에 어머니가 이른 나이에 고혈압으로 숨졌음에도, '나'는 여전히 과식의 습관을 떨쳐버리지 못한다. 오랜 세월이 흐른 뒤에도 자신에게 들러붙은 가난의 기억에서 결코 벗어나지 못한다. 심지어 그것은 지금의 신체와 습관까지도 지배한다.

『마당 깊은 집』이 출간된 1988년은 서울올림픽이 개최된 해로 '단군 이래 최고'라고 할 정도로 경제는 호황기의 정점을 찍고 있었다. 예능 프로에 소개되며 이 소설이 다시 한번 베스트셀러가 됐던 1992년도 마찬가지다. 그 시기는 1인당 국내총생산(GDP) 1만 달러 시대를 앞두고 있었고 소비주의 라이프 스타일이 확산되며 절약보다 소비가 새로운 미덕으로 권장되던 시대였다. 가난했던 옛 시절을 회고하는 이 소설은 모든 것이 넘쳐나는 호황기의 안정된 삶의 분위기 속에서 소비됐다. 지금은 전업작가가 된 '나'의 시선도 그에 몫을 보탠다. 이제 쌀밥과 고기반찬, 아파트, 캐시미어 이불 등으로 상징되는 풍요로운 삶을 어느 정도는 누릴 수 있게 됐다. '나'뿐만이 아니다. 오랜만에 대구를 찾은 '나'는 한때 "마당 깊은 집"에 살았던 사람들이 각자 조그만 성공을 거두면서 잘살고 있는 현재를 후일담처럼 들려준다. "마당 깊은 집" 사람들은 이제 배고팠던 시절을 되돌아볼 만큼의 여유를 가졌다.

과거에 대한 기억은 언제나 현재의 상황과 관련해서만 일정한 의미를 획득한다. 혹은 현재의 관점에 따라 과거는 다르게 기억된다. 이 소설에서 작가는 먹고살 만하게 된 현재의 시점에서 전쟁 후 어려웠던 시절을 돌아본다. 과거의 가난은 추억이 되고 상대적으로 먹고살 만하게 된 현재는 긍정된다. 가난했던 과거는 그렇게 현재를 재는 삶의 기준 혹은 척도 역할을 하게 된다. 특히 지독한 가난을 경험한 전쟁 체험 세대에게 먹고사는 것보다 더 중요한 문제는 없었다. 그래서 '잘살아보세'라는 가난 극복의 구호야말로 모든 목표에 앞서는 지상 최대의 가치일 수밖에 없었다. 그런 만큼 그것은 반공 이데올로기만큼이나 강력하게 한국 사회를 지배하는 이데올로기이자 우리의 삶을 규율하는 기본 논리였다. '열심히 노력했던 사람이 모두 잘살게 되었다'라는 식의 이 소설의 회고적 서술은 한편으로 경제발전과 성장의 논리를 무조건 긍정하고 지향했던 많은 대중의 보수주의적 심성을 반사하는 거울로 작용했다. 『마당 깊은 집』은 바로 그런 정신의 발생과 기원이 어디에 있는지를 보여주는 소설이다.

그러나 작가가 그런 삶의 지향과 이데올로기에 전적으로 동의하는 것은 아니다. 그는 그에 대한 긍정도 비판도 하지 않는다. 그는 다만 그 시절의 풍경과 그로 인해 형성된 지금의 내면을 우울하게 응시할 뿐이다. 주목할 점은 전쟁 같은 세월을 헤쳐온 '나'가 물질적으로 풍요로운 현재의 삶에 그렇게 만족하지 못한다는 것이다. 오히려 '나'의 의식을 지배하는 건 어려서는 "애비 없는 가난한 집안의 장자"로서, 결혼한 뒤에는 가족의 생계를 책임지는 가장으로서 삶을 꾸려가면서 느꼈던 원초적인 고달픔이다. 어린 '나'에게 삶은 고통 그 자체였다. 어머니의 냉대와 가혹한 매질이 가장 큰 원인이었다. 바람둥이 빨갱이 남편에 대한 분노, 밤낮 없이 일해도 네 아이 입에 풀칠도 어려운 살림살이의 고통, 어떻게든 아이들을 먹여 살려야 한다는 책임감, 힘들게 살아도 남에게 업신여김을 당하지 않겠다는 자존심, 그 결과 몸에 밴 지나친 결벽증 등등. 여기서 온 어머니의 광포한 신경질은 가장 만만하면서도 기대게 되는 장자인 '나'를 희생양으로 해서 터져나왔다. 고작 열세 살에 세상의 냉대와 어머니의 학대, 그리고 생존에 대한 압박, 장자의 책임감에 짓눌린 '나'는 그저 벗어나고 싶지 않았을까? 가난을, 학대를, 그리고 슬픔을.

어린 '나'는 신문 배달을 하다가 알게 된 대본집 아저씨에게『소공자』를 빌려 읽는다.『소공자』는 아버지 없이 어머니와 뉴욕에서 살던 세드릭이라는 소년이 자신이 영국 백작 가문의 후계자라는 사실을 알게 된 후 영국으로 건너가 우여곡절 끝에 진정한 백작의 후계자로 성장한다는 이야기다. '나'가 이 이야기에 매혹된 이유는 무엇인가? 그것은 자기에게 주어진 가혹한 현실에서 벗어나고자 하는 욕망의 무의식적 분출이었다. 그러나 '나'는 교양 있는 시민으로서의 정체성을 확립하기 위해 모험의 여정을 떠나는 유럽 교양소설의 주인공이 아니다. 자기 존재의 의미를 찾기 위해 기성세대에 반항하고 체제에서 일탈하는 성장소설의 주인공도 아니다. 삼시 세끼 배불리 먹는 것이 거의 유일한 소망이자 어머니의 따뜻한 눈길과 손길이 그립기만 한 소년에게 어쩌면 현실로부터의 도피나 일탈은 불가능했는지도 모른다. 저항과 도피와 일탈은 먹고살아야 하는 생존의 시급함 앞에서는 사치에 불과한 것이었다. 그건 나이가 들어서도 마찬가지. '나'는 그저 빨리 늙고 싶을 뿐이다. 그저 무거운 책임감에서 벗어나 아무도 관심 갖지 않는 '벌레'가 되고 싶을 뿐이다.

입대 영장을 손에 쥐자, 입대·제대·직장 구하기·결혼, 그래서 처자식 먹여 살리기의 뻔한 내 앞날이 떠올랐다. 나는 그만 암담해져 빨리 늙은이가 되어 나에게 기대를 거는 모든 이들의 시선으로부터 무관심의 대상으로 남고 싶었다. 먹고 잠잘 곳만 있다면 공원이나 길거리에 하릴없이 소일하는 늙은이야말로 진정 부러움의 존재가 아닐 수 없었던 것이다.

이것은 절박한 생존의 요구 속에서 자기를 소모시켜온 세대의 우울한 자학적 내면이다. 빨리 늙어버리고 차라리 '벌레'가 되어서라도 자기를 짓눌러온 책임감에서 벗어나고 싶은 이 자기소멸의 충동. 한 번도 '깽판' 친 적이 없는 "내성적인 자기 학대형"의, 이 짓눌린 세대의 깊은 우울과 슬픔이야말로 『마당 깊은 집』을 감싸는 가장 무겁고도 가슴 아픈 아우라다.

⑧

황석영

『무기의 그늘』
1988, 형성사

# 문학의 언어로 쓴 전쟁자본론

1964년 미군의 폭격으로 시작된 베트남전쟁은 냉전기 미국의 제국 주의적 세계 지배 전략이 역사상 가장 야만적인 형태로 드러난 침략 전쟁이다. 반면 베트남 민중의 입장에서 이 전쟁은 외세의 침탈에 맞선 오랜 민족 해방 투쟁의 연장이었다. 1975년 사이공이 함락되면서 전쟁은 결국 남베트남 민족해방전선의 승리와 미국의 패전으로 막을 내렸다. 박정희 정권은 당시 자유 진영의 수호와 경제원조라는 이념적·경제적 명분을 내세워 베트남에 30만 명이 넘는 전투 병력을 파병했다. 그리고 이 전쟁에서 병사들의 참전으로 벌어들인 '블러드 머니(blood money)'는 이후 한국이 경제 특수를 누리는 데 기여하기도 했다.

베트남전쟁은 미국의 야만적인 탐욕과 살육으로 얼룩진 '더러운' 전쟁이었다. '외화벌이'를 대가로 미국의 야만에 힘을 보탠 우리 역시 그 탐욕과 살육의 당사자였다. 거기서 우리는 무엇을 했는가? 1966년부터 실제 파병 부대의 일원으로 참전했던 작가 황석영은 그에 대해

2017년 출간된 자전『수인』에서 이렇게 말한다. "나는 아직도 자유롭게 모든 것을 다 말할 수는 없다. 다만 당시의 미군 측 보도자료에 나온 것만으로도 우리가 거기서 무엇을 했는지 분명해진다."

『수인』에서 황석영은 한국군이 베트남에서 무엇을 했는지를 말한다. 민간인의 귀를 자른 뒤 말려 끈에 꿰어 수집했고 잘린 머리를 들고 웃으면서 사진을 찍었으며 여성의 그곳에 뱀을 집어넣거나 수류탄을 넣어 터뜨렸다. 그러나 그에 따르면 이것은 극히 일부일 뿐이다. 도대체 무엇을 다 말할 수 없다는 것일까? 황석영은 미국군에 의해 행해진 밀라이 학살 사건조차도 베트남전쟁에서 행해진 가혹행위의 극히 일부에 불과하다고 적는다.

밀라이 학살 사건은 1968년 26명의 미국 군인이 대부분 여성과 아이였던 504명의 민간인을 한날한시에 대량 살육한 사건이다. 그는 이어 말한다. "이는 그대로 한국군에도 해당이 되는 얘기였다. 나는 한국전쟁 이래로 이러한 폭력이 우리에게 내면화되었고 베트남전쟁으로 심화되면서 몇 년 뒤에 광주에서 아무렇지도 않게 백주의 살육이 일어날 수 있었던 것이라고 생각한다."

작가 황석영에게 베트남전쟁은 이처럼 우리의 모습을 비추는 거울이었다. 오래전 그가 1988년 출간된 장편소설『무기의 그늘』에서 말하고 있었던 것도 바로 그것이다. 『무기의 그늘』은 1975년 '난장(亂場)'이라는 제목으로 연재를 시작한 후 중단을 거듭하다 1988년에야 비로소 완성돼 두 권으로 묶여 나왔다. 베트남전쟁이 시작된 후 전쟁의 실체적 진실은 오랫동안 냉전 이데올로기의 억압에 의해 은폐되거나 호도되고 있었다. 그런 상황에서 전환과 토론의 계기를 마련한 것은 1972년부터 계간 『창작과비평』에 연이어 실린 리영희의 글 「베트남전쟁」이었다. 그에 따르면 베트남전쟁은 부도덕한 제국주의와 반민중적 권력에 맞선 베트남 인민의 해방 투쟁이었다. 황석영의 『무기의 그늘』 또한 그런 시각을 공유한다. 작가는 자신의 실제 체험을 바탕으로 베트남전쟁에 대한 그런 시각을 더욱 풍부한 문학적 언어로 구체화한다.

황석영에 따르면 『무기의 그늘』은 "고통당한 아시아 민중의 보편적 삶과 투쟁의 정당성"(1992년 개정판 작가의 말)에 대한 연대의식 속에서 쓰였다. 『무기의 그늘』에서 미국의 전쟁 물자와 자본에 의해 유린되는 베트남은 우리의 거울상이다. 작가에게 베트남은 우리의 일그러진 얼굴을 비추는 거울인 동시에 분단과 외세의 지배 아래 고통받는 한국적 상황의 거울이기도 했다. 그렇다면 『무기의 그늘』이 그려놓은 베트남전쟁이란 무엇인가? '난장'이라는 원제가 그 전쟁의 본질을 압축한다. 그것은 미국이 풀어놓은 피엑스 물자들의 소비와 유통과 교환을 두고 펼쳐지는 자본주의적 욕망의 지옥도다.

『무기의 그늘』의 이야기는 전장의 전투 요원으로 있다가 합동수사대 한국군 파견대의 시장조사원으로 차출된 안영규의 활약상을 중심으로 펼쳐진다. 소설의 또다른 한 축은 미국을 등에 업고 전쟁을 축재의 수단으로 삼아 부를 불려나가는 남베트남 장교 팜 꾸엔, 그리고 반대로 미국과 싸우는 해방전선에 가담하는 그의 동생 팜 민의 이야기다. 작가는 그렇게 더러운 전쟁의 수렁에 빠져든 미군과 한국인, 남베트남 군인 관료와 해방전선 전사 등의 사연을 한데 엮고 교차시키면서 베트남전쟁의 총체적인 진실에 접근해간다.

　주인공인 시장조사원 안영규의 임무는 미군과 협력해 다낭의 블랙마켓(암시장)에서 유통되는 미국 군수물자의 유출 경로와 거래선의 실체를 조사하는 것이다. 그는 블랙마켓에서 거래되는 무기와 상품의 유통 경로를 추적하고 탐문하면서 진실에 다가간다. 암행과 추격전, 총격전도 뒤따른다. 그런 점에서 그의 면모는 마치 미국 누아르 영화의 탐정을 닮아 있다. 그 과정에서 그가 보여주는 회의와 동요, 방관적 태도와 나른한 허무까지도 그에 맞춤한다.

　그가 밝혀낸 바에 따르면 베트남전쟁의 진실은 사지가 찢기고 피와 살이 튀는 전쟁터가 아니라 오히려 후방에 있다. 다낭의 시장은 피비린 죽음의 냄새가 상품의 잡동사니와 사람들의 서로 떠드는 소리에 묻혀버리는 곳이다. 바로 그 시장이야말로 전쟁의 진짜 맨얼굴이 드러나는 장소다. 미국이 블랙마켓에 의도적으로 풀어놓아 넘쳐나는 피엑스의 물자들은 베트남의 시장 질서를 교란하고 미국 상품에 대한 욕망을 부풀리며 그럼으로써 베트남의 시장경제를 완전히 장악한다. 미군 사령부에 의해 시장에서 유통되고 소비되는 US달러 군표는 베트남의 시장을 통제한다. 블랙마켓을 조사해온 안영규의 결론은 이렇다. 피엑스야말로 미국의 가장 강력한 전쟁 무기다.

그리고 피엑스는 바나나와 한줌의 쌀만 있으면 오순도순 살아가는 아시아의 더러운 슬로프 헤드들에게 문명을 가르친다. (……) 한 번이라도 그 맛과 냄새와 감촉에 도취된 자는 결코 죽어서라도 잊을 수가 없다. 상품은 곧바로 생산자의 충복을 재생산해낸다. 아메리카의 재화에 손댄 자는 유에스밀리터리의 낙인을 뇌리에 찍는다. 캔디와 초콜릿을 주워 먹고 노래를 흥얼거리며 자라나는 아이들은 저들의 온정과 낙천주의를 신뢰한다. 시장의 왕성한 구매력과 흥청거리는 도시 경기와 골목에서의 열광과 도취는 전쟁의 열도에 비례한다. 피엑스는 나무로 만든 말(馬)이다. 또한 아메리카의 가장 강력한 신형 무기이다.

작가는 주인공 안영규를 그렇게 후방의 시장에 옮겨놓음으로써 전쟁의 총체적인 본질을 조망하게 만든다. 다낭의 블랙마켓은 베트남전쟁의 진실이 상연되는 극장이다. 다시 말해 피엑스에서 흘러나온 미국의 상품과 US달러 군표가 유통되고 교환되는 시장이야말로 베트남전쟁의 진실이다. 소설에 따르면 달러는 "무기의 그늘 아래서 번성한 핏빛 곰팡이꽃"이다. 전쟁이란 결국 달러의 지배력을 확장해나가는 가장 냉혹한 형태의 장사이며 그럼으로써 식민지 경영을 가장 효율적으로 뒷받침하는 수단일 뿐이다. 작가는 다낭의 블랙마켓을 중심으로 암거래를 통해 증식되고 교환되고 유통되는 US달러의 운동을 치밀하게 따라간다. 그것은 비유컨대 마르크스가 『자본론』에서 묘사한 전지전능한 화폐의 운동과 그에 종속되는 인간의 운명을 베트남의 시장을 배경으로 다시 쓰는 작업이라고도 할 수 있을 것이다. 그런 측면에서 (조금 과장해 말하면)『무기의 그늘』은 문학의 언어로 쓴 '전쟁 자본론'이다.

마르크스는 『자본론』에서 자본주의는 스스로를 떠받치는 자기 안의 역설과 모순에 의해 무너진다고 주장했다. 베트남전쟁의 운명도 다르지 않았다. 미군의 이윤을 보장해주고 미국의 시장 지배를 유지시킨 블랙마켓에서 거래된 무기는 부패한 남베트남의 군인과 관리의 손을 거쳐 상당 부분 해방전선 측으로 흘러들어갔다. 그것이 결국 미국을 패배의 수렁으로 몰아넣은 중요한 요인 중의 하나였음은 물론이다. 황석영이 『무기의 그늘』에서 무기 암거래의 실상에 대한 묘사를 통해 암시하는 것은 바로 US달러를 통한 미국의 시장 지배가 이르게 된 바로 그런 역설적인 파국의 운명이다.

그리고 파국은 시종 떠나버리면 그만인 방관자로 행세했던 안영규에게도 찾아온다. 그를 보조했던 베트남인 토이가 해방전선 전사에게 살해되자 그는 비참하게 죽은 토이와 용병으로 끌려온 자신의 처지를 동일시하며 복수의 광기에 사로잡혀 팜 민을 사살한다. 그런 안영규의 모습에 작가는 베트남전쟁의 피해자인 동시에 가해자인 한국인의 자의식을 겹쳐놓는다. 이 과정에서 그가 떠안게 되는 피해의식과 죄의식의 모순된 감정에 대한 성찰은 아쉽게도 더이상 진전되진 않는다. 그 대신 소설에서 강조되는 것은 제국에 의해 유린당한 베트남의 운명이 한국의 그것과 다르지 않다는, "내가 베트남인"이라는 연대의식이다.

내가 여덟 살 때에 전쟁이 터졌다. 아니 내가 태어나고 얼마 후에 식민지로부터 풀려났지. 내 부모 세대들은 다른 강국을 위하여 식민지의 용병으로 아시아와 태평양의 도처에서 지금처럼 죽어갔다. 너희들은 그때부터 왔다. 너희 정부는 우리의 국토를 반으로 갈라서 점령했다. (……) 나는 오히려 내가 베트남인과 같다고 말해버린다. 우리가 겪은 이러한 삶의 조건은 지난 한 세기 동안 아시아 사람이면 누구나 똑같이 당해온 조건이다. 백인들은 사냥감을 다투는 짐승들처럼 여러 대륙에서 피 묻은 발톱과 이빨로 서로를 물어뜯었다.

이런 인식이 소설 전체에 걸쳐 충분한 형상화로 녹아들어 있지 않음을 독자들은 아쉬워할 수 있을 것이다. 그러나 아마도 황석영이라면, 다낭 블랙마켓의 더러운 진실이 이미 그 자체로 우리를 비추는 거울이 아니겠느냐고 반문할지도 모른다.

⑨

# 박경리

---

# 『토지』
## 1969~1994, 솔출판사*

『토지』 1부는 1973년 삼성출판사에서 출간되었으나, 긴 연재 동안 1988년 삼성출판사(1~4부),

1989년 지식산업사(1~4부 개정판) 등 여러 출판사를 거쳐 1994년 솔출판사에서 전 5부 16권으로 완간되었다.

# 죽어도 계속되는 이야기


일찍이 조선의 기생 황진이는 이렇게 노래했다.


동짓달 기나긴 밤 한 허리를 베어내어

춘풍(春風) 이불 아래 서리서리 넣었다가

어론 임 오신 날 밤이면 굽이굽이 펴리라


임을 향한 애틋한 연심(戀心)이 기나긴 시간의 허리를 잘라내 간직했다가 임 앞에서 펼치겠다는 참신한 발상을 낳았다. 그런데 이 발상에서 문득 우리는 뜻하지 않게도 소설 장르의 본질 하나를 발견한다. 소설은 시간을 다루는 예술이다. 인간의 삶은 시간과 더불어 변화하고 흐르는 시간 속에서 갖은 우여곡절과 흥망성쇠를 겪는다. 소설이란 인간 삶의 면면히 생동하는 그 시작도 끝도 없는 시간의 한 토막을 잘라내 펼쳐놓는 장르다. 그리고 황진이의 애틋한 시간이 그러했듯 소설이 잘라내 펼쳐놓는 그 시간은 인간의 의식과 감정과 사유가 투영된 인간적 시간이다. 인간의 삶이 지속되는 한 소설은 그렇게 계속 쓰일 것이다. 이런 소설의 본질에 대해 한국문학사에서 박경리만큼 자각했던 작가는 없었다. 박경리는 문학으로 현실을 살았던 작가였고 소설을 삶의 본질이라는 차원에서 사유한 작가였다. 그래서 박경리는 이렇게 말한다. "소설이란 삶과 생명의 문제이며, 삶이 지속되는 한 추구해야 할 무엇이지요."(다큐멘터리 〈작가 박경리〉)

그런 박경리에게, 『토지』는 "나의 죽음 이후에도 계속되는 이야기"였다. 박경리의 『토지』는 삶이 끝난 뒤에도 계속되는 이야기이며, 그렇게 끝없이 이어질 것만 같은 소설이다. 『토지』는 1969년 6월 월간 『현대문학』에 연재되기 시작해 26년간의 집필 끝에 1994년 총 5부 16권으로 완간된 대하소설이다. 대하소설로는 이에 앞서 일제강점기 홍명희의 『임꺽정』이 있었으나, 해방 이후로는 『토지』가 최초인 셈이다. 『토지』는 이후 여러 대하소설의 등장을 고무하고 촉발했는데, 김주영의 『객주』, 황석영의 『장길산』, 조정래의 『태백산맥』, 최명희의 『혼불』 등이 그 사례다.

박경리의 『토지』는 1970~1980년대에 급격히 증가했던 역사대하소설의 선두주자였다. 이 시기에 역사대하소설이 급증했던 것은 까닭이 있다. 긴 세월 축적된 한국 근대사의 모순이 사회 곳곳에서 터져나오던 시기였기 때문이다. 민중 의식의 급격한 성장은 그것을 촉발했고 그와 함께 왜곡되고 은폐된 근대사에 대한 새로운 조망의 요구와 열망도 생겨났다.

그런 맥락에서 갑오농민전쟁과 항일투쟁 같은 민족운동의 역사와 민중의 생활사를 새롭게 조명하고 복원해야 한다는 요구도 잇따랐다. 특히 1970년대에 들어서면서 개화기부터 일제강점기를 거쳐 해방과 분단, 전쟁, 급격한 산업화로 이어지는 한국 근대사 100년의 굴곡을 어느 정도 조망할 수 있는 심리적·물리적 거리가 확보될 수 있었다는 사실도 중요한 조건이었다. 이 시기에 집중적으로 발표된 역사대하소설은 이러한 요구에 대한 문학적 반응이었다.

그리하여 『토지』는 1897년부터 1945년 해방에 이르기까지 근 50년에 걸친 질곡의 한국 근대사와 민중의 삶의 역사를 생생한 문학적 언어로 되살려낸다. 여주인공 서희를 중심으로 구한말 최참판 댁의 몰락과 간도로의 이주, 고향인 평사리로의 귀환과 복권의 이야기가 동학혁명, 일제강점, 3·1운동, 광주학생운동, 원산노동자 파업, 만주사변 등 실제 역사적 사건을 배경으로 드라마틱하게 펼쳐진다. 700명이 넘는 인물들이 써나가는 이 방대한 소설은 그 자체로 소설로 쓴 역사이자 민속지(民俗誌)이며 민중 생활사라 할 수 있다.

'호열자(콜레라)로 외가 사람들이 다 죽었는데 딸 하나가 살아남아

집을 지켰다.' 박경리가 어린 시절 외할머니에게 들은 이야기다. 작가는 그 이야기에서 『토지』 창작의 단서를 발견한다. 『토지』는 어렵게 살아남은 여자가 간난신고 끝에 훼손된 집을 복구하는 소설이다. 『토지』의 서사에는 수많은 사건과 인물이 그려지는데, 그중에서도 단연 압도적인 인물은 여주인공 서희다. 서희는 세상으로부터 자기를 지키기 위해 불굴의 의지로 주어진 숙명을 헤쳐나가는 강인한 인물이다. 그리고 그런 서희의 캐릭터에는 작가 자신의 정념이 짙게 투영돼 있다.

작가의 자전적 경험을 그린 단편 「불신시대」의 주인공 진영이 그랬듯이, 남편과 자식을 잃고도 남은 사람은 꾸역꾸역 살아가야 한다. 어머니와 딸을 부양해야 하는 작가의 삶 또한 그러했다. 작가는 세상을 불신했고 인간에 대한 믿음을 잃었으며 그리하여 암흑 속에 놓인 자기를 발견할 수밖에 없었다. 그럴수록 불의의 세상과 대결하는 생명의 힘에 대한 욕구는 더욱더 강렬해질 수밖에 없었다. 서희의 캐릭터는 그렇게 탄생했다.

서희의 외모와 출중한 능력에 대한 묘사가 『토지』 전편에 걸쳐 과도함으로 넘쳐나는 것도 어쩌면 그래서일 것이다. 소설 속의 모든 등장인물들이 그녀의 미모와 위엄에 감탄하고 기가 죽는다. 그녀를 본 조선인 형사는 뭔가에 홀린 듯한 느낌에 빠져들고 뱃사공은 감히 서희 쪽을 쳐다보지도 못한다. 또 누군가에게 서희는 "빛이었고 우주의 신비"이자 "관음상이요 숭배의 대상"이기도 하다. 게다가 그녀는 남자 못지않은 사업 수완과 지력과 담력, 의협심과 인간미의 소유자이며 수단 방법을 가리지 않고 목적 달성을 위해 돌진하는 적극성과 추진력까지 갖춘 인물이다. 마치 고전소설의 영웅과도 같은 풍모를 풍기는 서희의 캐릭터는 『바람과 함께 사라지다』의 여주인공 스칼렛 오하라의 한국적 버전이다.

『토지』는 몰락한 집안을 다시 일으키기 위한 서희의 복수극을 중심에 놓고 다양한 인물들이 펼쳐내는 개별 서사들을 엮어간다. 감정 표현이 극단적이고 쉽게 정념에 사로잡히는, 극단적으로 활력이 넘치는 인물들의 면면이 그 서사의 역동성을 만들어낸다. 거기에 급변하는 시대적 상황의 묘사가 더해지면서 서사는 그런 상황에 놓인 인물들 간의 갈등·대립·투쟁·상승·몰락 등을 동력으로 생동감을 얻으며 움직여간다. 이 과정에서 『토지』가 그려내는 것은 시간의 흐름에 따른 세상 질서의 변화다. 봉건에서 근대로, 엄격한 신분제 사회에서 탈신분제 사회로, 농업사회에서 상업사회로, 농촌에서 도시로, 조선에서 간도로 확장되는 삶의 변화가 이 소설의 중심에 있다.

『토지』에서 시간의 흐름은 모든 것을 변화시키지만 그럼에도 불구하고 변하지 않는 장소가 하나 있다. 그곳은 바로 '평사리'다. 이 소설에서 평사리로의 귀환은 그 자체로 변하지 않는 어떤 가치에 대한 믿음을 확인하는 의식이다. 그 가치란 무엇인가? 평사리로의 귀환은 표면적으로는 남성중심적 가계(최씨 가문)를 복원하고 계승하는 태도와 연관된 것으로 읽힌다. 서희가 두 아들의 성씨를 그녀와 혼인한 하인 길상의 성인 김씨가 아닌 자신의 성인 최씨를 따르게 하는 것도 표면적으로는 최씨 가문을 존속시키고 봉건적 가부장제를 지키려는 노력으로 보인다(그리고 『토지』에 대한 그간의 많은 비판도 이 지점에 집중된 바 있다). 그러나 실은 그렇지 않다. 소설에서 존속시켜야 할 남성 가계는 이미 존재하지 않는다. 그것은 붕괴돼버렸다. 그리고 서희는 누구보다 그것을 잘 알고 있다.

서희는 생각했다. 최참판 댁 가문의 말로는 세 사람의 여자로 인하여 난도질을 당한 것이라고. 윤씨는 불의의 자식을 낳았고, 별당아씨는 시동생과 간통하여 달아났으며 서희 자신은 하인과 혼인하여 두 아들을 낳았다.

서희의 조모인 윤씨 부인은 강간당해서 혼외자식을 낳았고 모친인 별당아씨는 시동생뻘 되는 김환과 야반도주하였으며 서희 자신은 하인인 길상과 혼인했다. 최씨 가문의 정통성은 이미 존재하지 않는 허구와 같은 것이다. 그러니 서희에게 가문의 존속이란 가부장제적 질서의 수호라기보다는 근원적 질서, 즉 생명의 원리를 지키는 것에 가깝다. 변하지 않는 생명의 원천으로서 '토지'로의 귀환인 셈이다. 따라서 평사리로의 귀환은 가부장적 가문의 복원이 아니라 유장한 생명의 근원으로의 귀환이다. 평사리는 언제나 그곳에 있는, 우리가 돌아가야 할 삶의 근원이다.

『토지』의 저변을 흐르는 주제는 이 평사리라는 공간에 집약돼 있다. 평사리는 여성적인 공간이다. 서희가 마지막에 자애로운 어머니이자 어려운 마을 사람들을 보살펴주는 대모신(大母神)으로 변모하는 것도 평사리라는 공간이 그러한 여성적 보살핌과 베풂이 가능한 공간이기 때문이다. 평사리는 모든 것을 품어주는 여성적 돌봄과 치유의 공간이며 삶의 지속을 가능케 하는 본원적인 생명의 공간이다. 『토지』는 남성적 폭력(일제 앞잡이 조준구)에 의해 훼손되고 빼앗긴 그 본원적인 생명의 공간을 서희라는 강인한 여성의 투쟁을 통해 회복하는 이야기다. 『토지』를 생명을 위한 여성적 투쟁의 서사극이라 할 수 있는 건 이 때문이다.

⑨

조정래

『태백산맥』
1985~1989, 한길사

# 저 별이 내 가슴에

1980년대는 불의 시대였다. 1980년 5월 광주민주화항쟁 이후 총 칼로 권력을 잡은 군부독재에 저항하는 민주화운동이 더욱 격렬하게 타올랐고 정권의 폭압적인 통치도 극으로 치달았다. 그러던 중 1983년 하반기에 이르러 끊임없는 저항과 자체의 한계에 부딪혀 강 압 통치를 잠시 완화하는 유화 국면이 펼쳐진다. 학원자율화 조치에 잇따른 공안 사건 구속자 석방, 제적 학생과 해직 교수의 복교, 학원에 상주하던 사복 경찰 철수 등의 조치가 이때 이어진다. 학생운동과 노 동운동, 재야 민주화운동은 이 유화 공간 속에서 폭발적으로 성장했 다. 조정래의 『태백산맥』은 이 불타는 시대의 열기를 문학의 이름으로 짊어졌던 소설이다.

『태백산맥』은 1983년 9월부터 월간 『현대문학』에 연재되고 1986년 제1부 '한의 모닥불' 전 3권이 나온 후 1989년 전 10권으로 완간됐다. 이 소설의 집필과 출간은 서슬 퍼런 폭압이 극에 이르던 1983년에서

1987년 6월 항쟁을 거쳐 한 시절의 막바지로 치달았던 1989년에 이르기까지 1980년대 전 시대에 걸쳐 있다. 시간을 거슬러올라가 1948년부터 1953년까지 민중 해방 투쟁의 전모를 조명한 이 소설은 그럼으로써 동시대에 펼쳐지던 반독재 민주화운동의 역사적 당위를 소설의 언어로 정당화하고 떠받쳤다. 거꾸로 1980년대 중후반의 격렬한 정세 변화와 민주화운동의 진전은 소설의 전개에 실질적인 영향을 미치며 소설을 끝까지 밀어가는 동력으로 작용했다. 그런 측면에서 이 소설은 1980년대가 쓴 것이라 해도 틀리지 않다. 『태백산맥』은 그렇게 1980년대 최대의 문제작이 됐다.

조정래는 이 소설에서 해방 후 한국전쟁에 이르는 시기 폭발했던 한국 사회의 계급적·민족적 모순의 근원과 그에 저항하는 민중과 지식인의 비장한 투쟁의 역사를 집요하게 파고든다. 1948년 10월 '여순사건'이 진압된 시점에서 시작해 1953년 한국전쟁이 끝나기까지 전남 벌교 일대를 중심으로 벌어지는 6년간의 사건이 골격이다. 여순사건 직후 더욱 격렬해진 좌우의 극한 대립, 그 과정에서 빨갱이로 몰려 박해받고 학살된 무고한 민중의 비극, 농지개혁을 둘러싼 지주와 소작인의 갈등과 충돌, 그것이 기폭제가 된 빨치산 투쟁과 잇따른 한국전쟁의 실상, 전후 지리산에 남겨져 토벌대와 싸우다 장렬한 최후를 맞는 빨치산의 운명이 그 속에서 펼쳐진다. 큰 축은 미군정을 등에 업고 친일세력과 결탁한 이승만 정권과 그 비호를 받는 지주 및 우익 세력에 맞서 일어난 소작농과 양심적 지식인의 투쟁이다. 여순사건과 소작농의 봉기, 빨치산 투쟁, 한국전쟁으로 이어지는 유혈의 역사는 그 축을 중심으로 새롭게 구성되고 재해석된다. 작가는 민족사의 모순을 돌파하기 위해 싸웠던 민중과 지식인들의 좌절과 분노, 절박한 바람과 불굴의 의지를 그 안에 새겨넣었다.

1986년『태백산맥』의 제1부가 세 권으로 처음 묶여 나왔을 때, 문학 독자는 물론이고 한국 지식계 전체가 뜨겁게 반응했다. 그중에서도 운동권을 포함한 대학생들의 열광은 특별했다. 몇 년에 걸쳐 다음 권을 손꼽아 기다리며 혹시나 나왔을까 매일 대학 앞 서점을 들락거리던 (지금으로선 낯선) 풍경이 펼쳐지기도 했다. 하나의 '현상'이라 이를 만한 그런 열광은『태백산맥』이 오랜 반공 이데올로기의 지배가 만든 금기의 울타리를 가볍게 뛰어넘었던 데서 비롯됐다. 그것은 금지된 드라마였다.

해방부터 한국전쟁에 이르는 기간을 대상으로 한 제대로 된 역사 서술이 아직 국가보안법과 정치적 통제로 제약받던 시절이었다. 일명 '자구발'(『자본주의 경제의 구조와 발전』) 등과 함께 대학 신입생의 의식화 서적 목록 제1호 중 하나였던 '해전사'(『해방전후사의 인식』) 정도가 그 공백을 메워주고 있었다.『태백산맥』은 그 오랜 금기의 영역을 파고들어가 분단과 전쟁을 거쳐 형성된 대한민국 정부의 기원과 그 이면의 숨겨진 역사를 조명하고 있었다. 『태백산맥』은 그렇게 금지된 역사를 문학의 언어로 써나갔다.

더욱이 이 소설은 해당 시기 역사 서술의 공백을 메우는 데서 더 나아가 민중 해방을 위한 투쟁이라는 관점에서 새롭고 급진적인 역사의 서사를 만들어냈다. 그에 따르면 여순사건은 좌익 군인의 돌연하고 일회적인 반란 사건이 아니라 지주의 착취와 폭압에 맞서 봉기했던 동학농민전쟁에서 시작해 미군정하의 소작 투쟁으로 이어지는 유구한 농민 투쟁의 연장선상에 있다. 한국전쟁도 마찬가지. 전쟁의 원인은 단순한 이데올로기 대립이나 외세의 개입이 아니다. 그것은 1948년 여순사건의 여진이 이어져 발발한 것이며 그 이면엔 농지개혁을 둘러싸고 폭발한 기층 민중의 절박한 삶의 요구와 억눌린 분노가 있었다. 실제로 소설에선 여순사건이 끝나자 이야기가 시작된다. 그럼에도 불구하고 이 소설의 진정한 주인공이 다름 아닌 여순사건이라 할 수 있는 건 그 때문이다.

작가는 좌·우익과 중도 지식인, 소작농과 지주를 포함한 다양한 계층의 인물들의 이력과 행로를 거미줄처럼 엮어가며 이런 새로운 역사 해석을 드라마틱하게 펼쳐놓는다. 흡인력 있는 전개와 생동감 넘치는 묘사, 염상진, 염상구, 김범우, 하대치, 외서댁 등을 비롯한 여러 살아숨쉬는 인물들의 생생한 형상화가 이 새로운 혁명 서사의 극적 효과를 더욱 증폭한다.

『태백산맥』은 문학의 언어로써 금지된 역사에 대한 새로운 상상력을 불러일으킨 사례였다. 그것은 빨치산의 캐릭터에 대해서도 마찬가지다. 이때까지 역사는 물론이고 대부분의 문학과 영화에서 빨치산은 하나같이 피도 눈물도 없는 잔인무도한 '빨갱이'의 이미지로 그려졌다. 그렇게 오랫동안 빨치산의 이미지는 반공 이데올로기에 의해 결정됐다. 오래전 빨치산 부대의 잔혹한 만행을 그린 반공 영화 〈피아골〉(1955)이 일부 빨치산을 (조금) 인간적으로 묘사했다는 이유로 상영이 금지됐던 사실도 잘 알려져 있다. 빨치산에 대한 그나마 조금 진전된 묘사는 남과 북 양쪽 모두에 의해 배신당하고 버려져 상처받은 채 죽어가는 이미지였으나 그 또한 이데올로기적 편견과 회피의 산물이긴 마찬가지였다. 『태백산맥』과 비슷한 시기에 출간된 이병주의 소설 『지리산』(1985)과 이태의 『남부군』(1988)이 그러했다.

『태백산맥』의 빨치산은 반공 이데올로기의 금기에 의해 덧씌워진 저 상투형들을 훌쩍 넘어선다. 염상진이 그 비약을 대표한다. 염상진은 일제강점기부터 적색농민운동을 조직하고 해방 후 조선남로당 보성군당위원장으로 활동하다 여순사건이 진압되자 퇴각해 일시 점령한 율어 해방구에서 토지개혁을 실시하는 등 부단한 혁명 과업의 완수를 향해 치달아가는 인물이다. 그는 전쟁이 끝나고 인민군이 퇴각한 뒤 남쪽에 고립돼 지리산에서 빨치산 투쟁을 이어가다 토벌대의 추적에 쫓기자 부대원들과 함께 장렬하게 폭사한다. 작가는 죽음을 앞두고도 스스로 한줌의 회의도 허락지 않는 혁명에 대한 불굴의 신념과 강인한 열정을 부각하며 그에게 소설 전체의 파토스를 떠받치는 역할을 부여한다. 작가는 그를 통해 빨치산을 주체로 한 새로운 서사의 모델을 창조한다.

염상진이 죽고 모든 것이 끝난 후 그를 따르던 소작 빈농 출신 빨치산 하대치는 어둠 속에 타오르는 봉화의 불빛 속에서 죽어간 동지들의 함성을 듣는다. 그는 염상진의 무덤 앞에서 끝없는 투쟁을 다짐한다.

그는 멀고 깊은 어둠 저편에서 명멸하고 있는 무수하게 많은 별들을 우러러보았다. 가을 별들이라서 그 초롱초롱함과 맑은 반짝거림이 유난스러웠다. 그 살아서 숨쉬고 있는 별들이 가슴을 뭉클하게 했다. 그 별들이 모두 대원들의 얼굴로 보였던 것이다. 먼저 떠나간 대원들은 죽은 것이 아니었다. 그들은 모두 혁명의 별이 되어 어둠 속에서 저리도 또렷또렷한 모습으로 빛나고 있었던 것이다. 그는 봉화가 타오르고, 함성이 울리고 있는 가슴에다 그 별들을 옮겨 심고 있었다.

그는 빛나는 별들을 가슴속에 옮겨 심고 있었다. 그보다 오래전 헝가리의 문예비평가 루카치는 『소설의 이론』(1916)의 첫 대목에서 이렇게 탄식했다. "창공에 빛나는 별을 보고, 갈 수 있고 또 가야만 하는 길의 지도를 읽을 수 있던 시대는 얼마나 행복했던가? 그리고 별빛이 그 길을 훤히 밝혀주던 시대는 얼마나 행복했던가?" 그러나 하대치는 치명적인 패배에도 불구하고 탄식하지 않았다. 저 별빛은 염상진의 무덤 앞에서 새로운 투쟁을 다짐하고 어둠 속으로 사라져간 하대치의 뜨거운 가슴속에 옮겨와 또렷하게 빛나고 있었다.

그래도 한때 가야 할 길을 비추며 하대치의 가슴에서 빛나던 저 혁명의 별빛은 결국 1990년대 초반 현실사회주의 몰락으로 흔적도 없이 스러져갔다. 『태백산맥』은 1980년대 문학의 열정이 피워올린 혁명적 서정의 마지막 불꽃이었다. 미래의 전망은 어느덧 차가운 환멸로 돌변했다. 그렇게 1980년대는 저물었다.

⑩

장정일

_____

『아담이 눈뜰 때』
1990, 미학사

# 미성년의 인공 낙원

장정일의 『아담이 눈뜰 때』는 '1990년대 문학'의 시작을 알린 소설이다. 1990년대는 이전 시대와는 질적으로 다른 큰 폭의 변화가 일어난 시기였다. 1989년 베를린 장벽이 붕괴되고 1990년 독일이 통일된 후 세계는 빠르게 냉전 종식이 이루어졌으며 한국에서도 문민정부가 수립됐다. 1990년대는 경제적으로 1980년대 말의 '삼저'(저유가·저달러·저금리)에 힘입은 경제 활성화의 과실이 본격적으로 만개하면서 엄청난 호황을 누렸던 시기이기도 하다. 소비주의의 확산과 정보혁명으로 인한 통신기기의 발달로 라이프 스타일이 획기적으로 변화한 시점도 바로 1990년대였다.

『아담이 눈뜰 때』는 88서울올림픽이 벌어지는 때를 배경으로 하면서도, 1990년대에 전개될 한국 사회 전반의 변화를 앞질러 보여준다. 그 변화의 표지는 대략 '개인주의' '자유주의' '대중문화' 등으로 요약된다. 특히 양적으로나 질적으로 팽창하던 대중문화의 영향으로 1990년대 청소년과 대학생들은 1980년대적인 무거움으로부터 완전히 벗어나게 된다.

1990년대 초에 크게 유행한 '천만 번을 변해도 나는 나'라는 광고 카피는 개성을 중시하면서도 자유분방한 당시 문화 전반의 분위기를 대변한다. 1990년대 문학도 마찬가지다. 이 시기 신세대 문학은 모든 딱딱하고 권위적인 것들을 공격하고 기존의 문학 관습과 문법을 해체하면서 새로운 세대의 경험과 감수성을 대변하기 시작했다. 그리고 흔히 거기엔 포스트모더니즘이라는 새로운 구호도 뒤따랐다. 장정일의 소설 『아담이 눈뜰 때』는 바로 그런 신세대 문학의 선두에 있는 작품이다.

『아담이 눈뜰 때』는 열아홉 살 재수생인 아담이 성적 일탈과 문화적 방랑을 겪다가 결국 글쓰기에서 진짜 삶의 가능성을 발견하는 성장소설이다. 오정희나 김원일 등의 소설이 그런 것처럼 대개 한국 성장소설은 가난과 결핍감, 소외감을 겪던 어린 소녀 혹은 소년이 일련의 과정을 겪으며 세상의 논리를 부분적으로나마 내면화하면서 자아와 세계에 대한 각성에 도달하는 결론으로 나아간다. 이때 각성이란 세계의 부조리함을 느끼면서도 그러한 현실을 받아들임으로써 정신의 성숙을 이루는 것을 의미한다. 달리 말해 어른이 된다는 것이다. 그러나 『아담이 눈뜰 때』에서 '나'는 끝까지 이 세계로의 편입을 거부할 뿐만 아니라 영원히 성장하지 않는, 문자 그대로 미성년(未成年)으로 남기로 결심한다.

소설에서 '나'와 은선, 현재처럼 아직 성년에 도달하지 못한 경계인으로서 미성년의 불안과 고독, 우울을 상징하는 대상은 에드바르트 뭉크의 그림 〈사춘기〉다. 뭉크의 〈사춘기〉는 타락한 세계에서 '청순한 세계'를 동경하는 미성년의 이미지를 압축한다. 아담은 그렇게 성숙과 교양이라는 안정적 가치를 거부하는 반(反)성장소설의 주인공이다. 흥미로운 것은 이 격렬한 반성장의 제스처가 현대 예술에 대한 지적 탐구를 통해 지탱된다는 점이다.

내 나이 열아홉 살, 그때 내가 가장 가지고 싶었던 것은 타자기와 뭉크 화집과 카세트 라디오에 연결해서 레코드를 들을 수 있게 하는 턴테이블이었다. 단지, 그것들만이 열아홉 살 때 내가 이 세상으로부터 얻고자 원하는, 전부의 것이었다.

소설의 처음과 끝을 장식하는 이 구절은 아담의 성장 이야기가 타자기, 뭉크 화집, 턴테이블로 상징되는 '예술적인 것'에 대한 경도(傾倒)로 이루어질 것임을 짐작게 한다. 실제로 이 소설은 '나'가 이 세 물건을 손에 넣게 되는 과정을 그린다. '나'는 자기의 정체성이 타자기, 화집, 턴테이블과 같은 고급한 취향의 문화자본의 획득을 통해 실현될 수 있다고 생각한다. 프랑스의 사회학자 피에르 부르디외에 따르면 취향은 단순히 개인적인 차원의 문제가 아니다. 취향은 사회계급을 규정하는 역할을 동시에 한다. 취향을 통해 '나'는 다른 계급, 출신, 학력을 가진 다른 사람과 자신을 구별 짓는다. '나'는 비록 화집을 얻는 과정에서 자신의 이미지와 사춘기를, 턴테이블을 얻는 과정에서 영혼의 순결을 도둑맞지만, 화집과 턴테이블이야말로 자신을 남들과는 다른 지적이고 예술적인 존재로 보이게 한다는 것을 너무나도 분명하게 알고 있다.

이런 구별 짓기는 소설에서 언급되는 많은 음악, 특히 1960년대 록 음악을 통해서도 이루어진다. '나'와 현재는 또래들이 듣는 팝음악을 타락한 "구역질나는 음악"으로 치부한다. 그 대신 그들은 '록 스피릿'이라고 불리던 저항과 인간애가 가득한, 보수적인 기성세대에 저항하는 신세대적 광기와 열정, 허무와 퇴폐가 뒤섞인 혼돈의 음악인 1960년대 록음악만을 듣는다. 특히 만 27세에 모두 약물중독으로 사망한 '성스러운 3J', 즉 제니스 조플린, 짐 모리슨, 지미 핸드릭스는 그들에겐 타락한 정치인들이 지배하는 사회에 냉소를 보내고 기성세대를 조롱하면서 자기들만의 이상적인 낙원을 꿈꿨던 운동가들이다.

그러나 소설 속 '나'와 현재에게 음악은 실은 저항운동이라기보다 오히려 자기만족적인 공간에 자기를 가둠으로써 자기 바깥의 존재를 배제하는 구별 짓기에 불과하다. 1960년대 록음악을 비롯한 수많은 음악('올디스 벗 구디스' '스탠다드' 등과 같은 "진짜 음악")도 단순히 소설 속 장면들(특히 섹스 장면들)에 특별한 분위기를 만들어주는 일종의 효과음 역할에 그친다.

'나' 또한 자기의 예술적 취향이 거칠고 두서가 없으며 약간의 '허영'이 가미되었다는 걸 잘 안다. 그럼에도 불구하고, 아니 바로 그렇기 때문에 이 반짝이는 문화상품들은 여전히 '나'를, 그리고 소설을 읽는 독자들을 매혹한다. 혁명, 저항, 진정성, 사랑 등과 같은 전시대의 가치들조차 이제는 대중문화를 통해서만 향유하는 시대가 된 것이다. '1990년대적인 것'은 그렇게 시작된다.

소설에서 성장의 또다른 계기는 '나'가 성(性)을 통해 이 세계와 접촉함으로써 만들어진다. 『아담이 눈뜰 때』에서 그려지는 십대의 성적 일탈은 서사 전체를 압도하면서 독자들에게 강렬한 인상을 준다. '나'에게 성관계는 "오줌을 누듯이 누구나 다 하는 일이었고, 아무나 할 수 있는 일"이다. 그것은 입시로 인한 스트레스를 해소하기 위한 유희적 행위에 불과하다. '나'는 성관계를 대가로 내가 원하는 뭉크 화집과 턴테이블을 얻기도 한다. 심지어 여고생인 현재는 디스코텍에서 만난 남자들과의 성관계를 대가로 돈을 받아 그 돈으로 '나'와 부산에 놀러 가기도 한다. 그럴 때 성은 자본주의적 교환가치의 성격을 띠게 된다.

'나'의 그런 성적 경험이 특별한 타인과의 진정한 관계 맺기가 될 수 없는 건 당연하다. '나' 또한 그 점을 잘 안다. 중년의 여성 화가에게서 받은 뭉크 화집에는 그렇게도 원하던 그림 〈사춘기〉가 찢겨 있었으며, 남색가인 오디오점 주인과의 항문 섹스 후에 '나'는 화장실 변기에서 역류한 오물이 자신을 더럽히는 꿈을 꾼다.

그렇게 '나'는 타락한다. "나는 내가 가장 싫어하는 이기주의자"가 된다. '나'는 오디오점 주인에게 받은 모욕을 그대로 현재에게 돌려줌으로써 현재와의 진정한 소통 가능성을 차단해버린다. 그 대신 현재와 항문 섹스 후에 스스로를 '똥'과 '개'로 비하하고 조롱한다("나는 개다. 똥을 주워 먹는다. 나는 개다. 똥을 주워 먹는다. 나는 개다. 똥을 주워 먹는다……"). 타락한 세계에 저항하기 위해 '나'와 현재가 선택한 타락이라는 동종요법은 그들을 진짜로 타락시킨다. 디스코클럽의 10층 유리창을 깨고 추락한 현재의 자살이야말로 '타락' 그 자체를 이미지화한 것에 다름 아니다. 그렇다면 살아남은 '나'는 어떤가?

나는 비로소 마음을 놓고 큰 소리로 엉엉 울기 시작했다. 가짜 낙원에서 잘못 눈을 뜬 아담처럼. 내 이브는 창녀였으며, 내 방은 항상 어둡고 습기가 차 있다. 어쩌다 책이 썩는 냄새를 없애려고 창문을 열면, 네온의 십자가 아래서 세상은 내 방보다 더 큰 어둠과 부패로 썩어지고 있다. 나는 내가 눈 뜬 가짜 낙원이 너무 무서워서 소리내어 울었다.

'나'는 비로소 록음악과 섹스로 이루어진 자기만의 세계가 가짜라는 진실을 깨닫는다. 비루하고 억압적인 현실에서 벗어날 수 있다고 믿었던 "여기가 아닌 저기" 혹은 "아무와도 공유하지 않는 내면의 방"은 그저 이 세계의 반짝이는 상품들이 반사되고 무한 복제된 인공 낙원에 불과했던 것이다. 어느 누구도 이 타락한 세계로부터 벗어날 수 없다. 그리하여 '나'는 서울대 입학이라는 안정된 길을 포기하고 등록금의 일부를 헐어 타자기를 산다.

타자기는 '나'가 자신의 육체와 영혼을 팔지 않고 직접 구매한 유일한 물건이다. 그리고 "문장을 쓴다는, 고통스러운" 작업을 통해 '진짜' 낙원을 찾고자 한다. 그러나 '나'는 '진짜' 낙원을 영원히 찾지 못할지도 모른다. 왜냐하면 포스트모던한 1990년대의 세계에서 진짜 '진짜'는 오직 순수한 거짓말을 통해서만 가능할 것이기 때문이다.

『아담이 눈뜰 때』는 어떤 측면에서 자기애적 포즈와 치기로 가득찬 미성숙한 소설이다. 하지만 바로 그것을 통해 이 소설은 '1990년대적인 것'의 뜨거운 징후가 될 수 있었다.

⑪

공지영

『무소의 뿔처럼 혼자서 가라』
1993, 문예마당

# 이토록 험난한, 싱글 라이프 싱글 레이디

2015년 이라크 레반트 이슬람 국가(IS)에 합류한 후 터키에서 실종된 김 모군은 트위터에 이런 말을 남겼다. "이 시대는 남성이 성차별을 받는 시대다. 나는 페미니스트가 싫다." 이후 '페미니스트'가 온라인 검색어 실시간 1위에 오르면서 지난 십몇 년간 자취를 감췄던 페미니즘이 갑자기 대중 앞으로 다시 불려나왔다.

거기에 어느 대중문화 칼럼니스트가 「IS보다 무뇌아적 페미니즘이 더 위험해요」라는 글을 쓰면서 페미니즘과 페미니스트는 극단적 증오와 적대의 대상으로 부각됐다. 페미니즘에 대한 이런 식의 극단적 혐오와 공격은 사실 1999년 군 가산점 폐지 논란에서부터 시작됐다. 이후 지난 10여 년간 포털사이트의 댓글을 도배했던 '꼴페미' 혹은 '페미년'과 같은 말들은 여성가족부 정책에 대한 비판에서부터 여성 일반에 대한 적대감에 이르기까지 두루 쓰이는 대표적인 여성혐오 표현이 됐다.

그러나 2016년 강남역 살인 사건을 통해 적나라하게 드러난 우리 사회의 극단적인 여성혐오와 여성 비하 현상은 역설적이게도 아무 잘못도 없이 욕받이가 돼버린 여성들이 자신들의 열악한 상황을 자각하고 지금까지와는 다르게 현실을 인식하게 되는 계기가 된다. 2015년 SNS를 중심으로 이루어진 '#나는페미니스트입니다'라는 해시태그 운동과 대형 서점에 당당하게 한자리를 차지하게 된 페미니즘 서적 코너, 문단 내 성폭력에 대응하는 여성 작가와 활동가들의 연대 등은 페미니즘운동이 다시 새롭게 시작됐음을 보여준다.

이 이전에 한국 사회에서 페미니즘이 처음으로 대중적 공감을 얻고 확산됐던 것은 1990년대였다. 그것은 여성 억압의 현실에 저항하며 치열하게 전개됐던 1980년대 여성해방운동의 결실이었다. 1990년대 여성 문학의 황금기는 페미니즘의 대중적 확산과 함께 도래했다. 그 시작을 알린 소설이 바로 1993년 발표된 공지영의 장편소설『무소의 뿔처럼 혼자서 가라』(이하 '무소의 뿔')다. '무소의 뿔'은 비록 통속적 멜로드라마의 성격을 크게 벗어나진 못했지만, 그것은 또 거꾸로 이 소설이 많은 대중적 영향력을 확보할 수 있었던 요인이기도 했다. '무소의 뿔'은 새로운 여성 주체의 탄생을 대중적으로 선언하는 일종의 매니페스토(선언문)였다.

이 소설은 1994년 연극으로 만들어져 7개월간 공연됐으며 1995년에는 영화로도 만들어져 장안에 화제가 되기도 했다. 이 소설로 인해 공지영이라는 작가는 대중 독자들에게 널리 알려지게 됐으며 페미니즘 이슈에 대한 대중적인 관심은 폭발적으로 증대했다. 그러나 이런 페미니즘 문학의 대중적 성공은 많은 반(反)페미니즘적 반감과 저항을 불러일으키기도 했다. 심지어 이문열은 장편소설『선택』에서 몇백 년 전에 죽은 사대부 종부의 목소리를 빌려 이렇게 비난한다. "이혼의 경력을 무슨 훈장처럼 가슴에 걸고 남성들의 위선과 이기와 폭력성과 권위주의를 폭로하고 그들과 싸운 자신의 무용담을 늘어놓는다. 이혼은 '절반의 성공'쯤으로 정의되고 간음은 '황홀한 반란'으로 미화된다. 그리고 자못 비장하게 '무소의 뿔처럼 혼자서 가라'고 외친다."

　'무소의 뿔'은 중산층 기혼 여성들이 가정에서 겪는 문제를 박완서나 오정희 등의 선배 작가와는 다른 감각과 감수성으로 다룬 페미니즘 소설이다. 작가는 여성의 사회적 진출을 주장하고 여성 억압의 뿌리를 가부장제에서 찾으면서 여성학 이론과 인문학적 교양을 배경으로 여성문제에 대한 사유를 본격적으로 드러낸다. 작가 공지영은 1960년대에 태어나 1980년대에 대학을 다니면서 사회변혁을 열망했던 '386세대' 작가다. '무소의 뿔'에 등장하는 혜완, 경혜, 영선은 이러한 작가의 세대적 체험이 투영된 전형적인 386세대 여성이다. 그들은 이십대 중반에 결혼한 뒤 학창 시절과는 다른 성차별적이고 가부장제적인 여성 억압의 현실에 당황한다. 이 세 여성이 결혼 이후 겪는 혼란의 중심에는 여성의 자아실현에 대한 열망과 그것을 불가능하게 하는 사회적 현실 사이의 괴리가 놓여 있다.

"한때는 글도 잘 쓰고 공부도 잘하고 꽤 칭찬도 받았던 괜찮은 여학생"이었던 혜완, 경혜, 영선은 결혼 이후에는 더이상 사회에서 '괜찮은 직업인'으로 인정받지 못한다. 그렇다고 전업주부로서 자신의 현실에 만족하지도 못한다. 한때 유명한 아나운서였던 경혜는 부유한 의사와 결혼한 뒤 자기 일을 포기하지만 남편의 끊임없는 외도로 고통받는다. 결국 자신도 맞바람을 피우며 적당히 현실과 타협한다.

영선은 사랑하는 사람과 결혼해 프랑스로 유학을 떠나지만 경제적인 이유로 자신의 꿈을 포기하고 남편을 뒷바라지해 그를 성공한 영화감독으로 만든다. 그러나 그녀는 남편이 성공한 만큼 더욱 초라해진 자신의 현실을 견디지 못한 채 자살한다. 혜완은 또 어떤가. 그녀는 결혼과 출산으로 '경단녀'(경력 단절 여성)가 된 자신을 견디지 못해 재취업을 하지만 불의의 사고로 아이를 잃고 결국 남편과 이혼한다. 그리고 이혼 후엔 홀로 서기 위해 노력하면서도 자신에게 찾아온 새로운 사랑 때문에 갈등한다.

이렇듯 '무소의 뿔'은 연애와 결혼을 둘러싸고 남성과 여성 사이에 벌어지는 갈등과 투쟁의 서사이자 사회적 주체로서의 정체성을 확보하기 위한 여성의 불안한 탐색의 서사이기도 하다. 이 소설은 여성이 처한 현실적인 문제를 '386세대' 중산층 여성의 일상적 경험의 영역에만 국한해 다루었다는 비판을 받았다. 왜냐하면 여성문제란 사회문제의 일부로서, 단순히 남성과 여성 간의 성적 대결에서 비롯된 것이라기보다 좀더 복합적인 사회구조적 문제와 연관된 것이기 때문이다. 그럼에도 불구하고 이 소설은 연애와 결혼, 임신과 출산, 양육 등과 같은 여성의 일상생활 속에서 자연스럽게 벌어지는 성차별의 현실을 디테일하게 다뤘다는 점에서 대학 졸업 후 전업주부와 직장 여성 사이에서 갈등하던 1990년대 여성 독자들에게 큰 공감을 얻었다.

특히 부부 사이라고 하더라도 합의되지 않은 성관계는 성폭행이 될 수 있다는 소설 속 주장은 당시로서는 파격적인 것이었다. 혜완은 결혼 후 남편 경환과 외식을 하다가 우연히 대학 동창생들을 만난다. 오랜만의 만남에 자리가 길어지자 경환은 노골적으로 불쾌감을 드러낸다. "부인이 남자들 앞에서 히히덕거리는 걸" 이해하지 못한 것이다. 그리고 집에 돌아온 그는 현관에 들어서자마자 혜완을 벌주기 위해 그녀의 옷을 찢고 뺨을 때린 뒤 다리를 벌려 강압적으로 성관계를 한다. 이 순간 여성은 남성의 분노와 처벌 욕망을 쏟아내는 대상, 즉 소유물에 불과한 존재로 전락한다. 이 장면에서 작가는 "혼자서 뭐가 그렇게 잘났"다고 "까부는 기집애는 맛을 좀 봐야" 한다는 식의 남성의 폭력적 사고방식이야말로 여성에 대한 성폭력을 가능케 하는 동력임을 폭로

한다. 가장 친밀한 부부 관계 혹은 연인 관계에서 벌어지는 이러한 폭력이야말로 남성의 지배욕과 소유욕의 표현에 다름 아니다. 대학에서 여성해방 이론을 공부하고 대중문화를 통해 자아실현의 가능성을 점 쳤던 1990년대 여성들은 결혼과 출산을 경험한 다음에야 비로소 그러한 남녀평등의 관념이 얼마나 실현 불가능한 허구인지를 깨닫게 된다. 결국 혜완은 영선의 자살을 계기로 진정한 홀로서기를 시작한다.

그랬다. 영선은 그 말의 뜻에 귀를 기울여야 했었다. 경혜처럼 행복하기를 포기하고, 혜완처럼 아이를 죽이기라도 해서 홀로 서야 했었다. 남들이 다 하는 남편 뒷바라지를 그냥 잘하려면 제 자신의 재능에 대한 욕심 같은 건 일찌감치 버려야 했었다. 그래서 미꾸라지처럼 진창에서 몸부림치지 말아야 했다. 적어도 이 땅에서 살아가려면 그래야 하지 않았을까.

남편의 성공을 위해 자신의 모든 것을 포기하면서도 끝까지 자신의 재능에 대한 욕심을 버리지 못한 '배운' 여자 영선의 비극은 어디에서 오는가. 그것은 그녀가 의식적으로는 여성에게 부과된 고정된 성역할을 거부하면서도 실제로는 여성을 남성에 종속된 존재로 보는 가부장제적 사고방식에 순응하는 모순적 존재였기 때문이다. 혜완이 선택한 삶의 방식은, "어차피" 남성중심적인 세계는 변하지 않으니 현실에 안주하겠다는 경혜의 현실 타협적인 길도 아니다. 또 그것은 "그래도" 여자라면 아내와 어머니의 역할은 해야 하지 않겠느냐는 영선의 관습적인 길도 아니다. 그것은 "절대로" 여성 억압적인 현실과 타협하지 않겠다는 "외톨이"의 삶, 즉 완벽한 싱글 라이프다.

변혁운동에 헌신하기 위해 안락한 중산층 가정을 뛰쳐나온 1980년대 학번 여대생은 결혼 후에 다시 가부장제적 차별이 일상화되고 만연한 '스위트 홈'을 뛰쳐나와 완벽한 혼자가 된다. '무소의 뿔'은 바로 그 지점에서 종결된다. 그런데 그렇게 가족공동체를 벗어나 자율적으로 자기 서사를 쓰게 된 여성은 그후 과연 어떻게 됐을까? 공지영이 싱글 라이프를 선언한 지 벌써 25년이 지났다.

그동안 많은 것이 변했지만 그만큼 많은 것이 변하지 않았다. 지금 여성의 싱글 라이프는 페미니즘적 실천 혹은 새로운 주체의 선언이라는 거창한 구호를 내세울 필요도 없는, 그 자체로 자연스러운 사회 현실이 되고 말았다. 오래전의 선배들과 달리 이제 불가피하게 싱글이 될 수밖에 없는 이른바 '삼포세대'(연애·결혼·출산 포기) 여성들이 맞닥뜨린 것은 광범위한 여성혐오에 맞서는 싸움이라는 새로운 과제다.

⑩

# 신경숙

---

『외딴방』
1995, 문학동네

# 신화와 상처

신경숙은 신화이자 상처다. 2015년 신경숙 표절 사태는 문학사적 사건이었다. 일본 작가 미시마 유키오의 소설을 표절했다는 고발로 점화된 신경숙의 표절 의혹은 문학의 상업주의와 문학 권력에 대한 문제 제기로까지 번지면서 일대 파장을 불러왔다. 옹호와 반박이, 비난과 논쟁이 어지럽게 뒤섞여 전개되던 사태는 문단뿐만 아니라 언론과 매스컴까지 동원돼 전 사회적인 관심을 불러일으켰다. 1990년대 이후 베스트셀러 작가로 성장하고 『엄마를 부탁해』의 대중적 성공으로 더욱 공고화된 신경숙이라는 문학적 신화는 이후 속절없이 추락했다. 사태는 그 신화가 얼마나 허약하고 빈약한 토대 위에 서 있었던 것이었는가를 가감 없이 폭로했고, 신경숙뿐만 아니라 한국문학 전체에 대한 실망과 불신, 냉소로 이어졌다.

신화는 어떻게 만들어졌는가? 무엇보다 신경숙은 1990년대 한국문학의 상징적인 존재였다. 개인의 미세한 삶의 무늬를 섬세한 문체로 직조해가는 신경숙의 소설은 마침 시효를 다한 1980년대 혁명 문학의 맞춤한 대안으로 부상했다. 누군가는 그것을 1990년대 진정성·내면성 문학의 대표주자로, 또 누군가는 새로운 리얼리즘의 가능성으로 받아들였다. 저마다 각기 입장과 초점은 달랐지만, 어느 쪽이든 신경숙의 소설은 1990년대의 새로운 글쓰기를 보여주는 바로미터이자 상징이었다.

1990년대는 단절과 이행의 시기였다. 군사정권이 종식되고 대량 소비 사회로 진입하면서 개인의 욕망은 의무와 억압의 감옥에서 풀려났다. 현실 사회주의가 붕괴했고 집단적 이념에 대한 회의와 환멸이 뒤를 이었다. 집단에서 개인으로, 금욕에서 쾌락으로, 엄숙함에서 가벼움으로의 이행이 당시의 분위기를 특징지었다. 1990년대 문학은 집단·역사·정치·이념 등으로 요약되는 1980년대적 가치와 결별하고 그로부터 스스로를 차별화했다. 그 대신 1990년대 문학이 내세웠던 것은 개인·일상·내면·욕망·사소함 등의 가치다. 1980년대 문학을 지탱했던 '큰 이야기'(거대 담론)는 소소한 '작은 이야기'로 대체됐다. 이 흐름을 누구보다 앞장서 대변한 것이 바로 신경숙의 소설이었다. 그리고 그 정점이 바로 『외딴방』이다.

『외딴방』은 1994년 겨울부터 1995년 가을까지 『문학동네』에 연재됐다. 소설의 구성은 독특하다. 『외딴방』의 '나'는 작가다. 소설은

1990년대 중반 이 소설의 연재분을 쓰고 있는 '나'의 이야기와 '나'가 돌아보는 1970년대 후반에서 1980년대 초반까지의 신산한 개인사가 교차하면서 진행된다.

'나'는 첫 장편소설을 낸 후 과거 구로공단에서 여공으로 일하던 시절 산업체 학교 동창이었던 하계숙의 전화를 받는다. 이제 유명한 작가가 된 여공 시절 동창생에게 그녀는 말한다. 소설을 읽어보니 우리 얘기는 없더라고. 너는 이제 우리와 다른 삶을 사는 것 같다고. "너는 우리 얘기는 쓰지 않더구나." "네게 그런 시절이 있었다는 걸 부끄러워 하는 건 아니니?" 하계숙의 전화를 계기로 '나'는 그토록 도망치고 싶었던 과거의 기억을 글쓰기를 통해 불러들인다. 그 기억이란 자신이 구로공단의 여공으로 일하던 시절이다. 1970년대 말에 중학교를 졸업하고 작가를 꿈꾸며 시골에서 상경해 산업체 특별 학급을 다니며 구로공단에서 여공으로 일했던 작가 자신의 자전적 기록이 그렇게 펼쳐진다.

'나'는 여공으로 일했던 '외딴방' 시절의 기억에서 도망치고 싶은 욕구를 억누르며 과거의 상처와 대면하고 화해하는 글쓰기의 과정 자체를 재연(再演)한다. 그런 측면에서 이 소설의 또다른 주인공은 '글쓰기'다. 작가는 과거 여공 시절의 '나'와 현재 글을 쓰고 있는 '나'의 상황을 교차시키면서 깊이 묻어두었던 상처의 핵심에 점점 접근해간다. 그리고 그 상처의 중심엔 희재 언니의 죽음이 있다. 『외딴방』은 과거의 '나'와 현재의 '나', 상처의 기억에서 도망치려는 '나'와 그 기억을 글쓰기 속으로 불러들이려는 '나' 간에 벌어지는 갈등과 화해의 공간 이다.

『외딴방』은 신경숙 특유의 내면 지향적인 서술 태도를 견지하면서 도 1970년대 말과 1980년대 초에 이르는 격변기의 사회적 상황과 노 동 현장의 분위기, 여성 노동자의 현실을 생생하게 재현한다. 폭력적 인 노조 탄압의 상징인 YH 사건과 동일방직 사건, 5·18과 삼청교육 대 등 한국 현대사의 주요 국면들이 배경으로 그려진다. 그럼으로써 『외딴방』은 "가까운 한 시대를 총체적으로 형상화한 증언록"이자 "가 장 감동적인 노동소설"(백낙청)이라는 평가를 얻었다.

실제로 작가는 '외딴방' 시절 겪었던 노동 현실과 삶의 비참을 충실 하게 재현하기 위해 노력한다. 작가('나')는 말한다. "그 시절에 대해서 할 수 있는 한 자세히 써보기로 했다." 이를 통해 작가가 통과해왔던 한 시대의 급박한 흐름과 노동 현장의 모습이 실감 나는 풍속화로 재 생된다. 노조 설립 운동과 회사의 끈질긴 방해 공작, 파업 농성과 탄 압, 가리봉동 '벌집'으로 대변되는 열악한 생활 환경, 낮에는 일하고 밤에는 졸린 눈으로 야간 산업체 학교에서 공부하며 '공순이'의 굴레 에서 벗어나고 싶어했던 여공들의 소망. 『외딴방』의 중심은 자신의 상 처를 돌아보는 주관적 기억의 서술이지만, 그 과정에서 '나'가 통과해온 이런 현실의 면면이 생생히 살아난다.

『외딴방』의 고유한 문학적 성과를 만들어낸 것은 그처럼 과거의 현실을 생생하게 재생하려는 의지와 작가 특유의 내성적 경향이 맞부딪치면서 만들어내는 드라마틱한 긴장이다. 과거를 기억하고 적어나가는 일은 고통스럽다. 그럼에도 불구하고 써야 한다.

나는 도망친다. 도망치는 나를 내가 붙잡는다. 앉아봐, 더는 도망을 못 가. 그때나 지금이나, 그리고 언제까지나. 앉으라구.

책상 앞을 떠나지 말자…… 지금 떠나면 못 돌아온다.

'나'가 서술하는 고통스런 과거의 기억은 현재 글을 쓰는 '나'의 의식을 끊임없이 간섭한다. '나'는 도망치고 싶다. 작가('나')는 이야기가 진행되는 도중 글을 쓰는 현재 시점으로 돌아와 소설의 곳곳에서 이처럼 글쓰기의 힘겨움과 망설임을 노출한다. 그럼에도 불구하고 써야 한다는 의지가 소설을 머뭇머뭇 조금씩 앞으로 밀어간다. '나'는 털어놓고 싶지 않은 사실들을 힘겨워하면서 소심하고 소박하지만 솔직하게 진술한다. 『외딴방』이 주는 감동의 많은 부분은 그처럼 감추고 싶었던 과거 이력을 힘겨움을 무릅쓰고 어렵게 들추어내는 그 과정의 절실한 내면 드라마에서 온다.

과거의 기억과 글을 쓰는 현재를 오가며 교차시키는『외딴방』의 독특한 형식을 통해 작가가 묻는 것은 '나에게 글쓰기란 무엇인가'라는 물음이다. 그래서 '나'는 처음부터 이렇게 말한다.

이 글은 사실도 픽션도 아닌 그 중간쯤의 글이 될 것 같은 예감이다. 하지만 그걸 문학이라고 할 수 있을 것인지. 글쓰기를 생각해본다. 내게 글쓰기란 무엇인가? 하고.

소설은 가슴속에서 깃질을 하는 한 마리 백로의 이미지로 아름답게 마무리된다. 그 눈부신 이미지는 자기가 떠나왔던, 그리고 망각하고 싶었던 존재들을 '나'의 일부로 긍정함으로써 찾아온다.『외딴방』의 글쓰기가 되살려낸 그 존재는 "이름도 없이, 물질적인 풍요와는 아무 연관도 없이, 그러나 열 손가락을 움직여 끊임없이 물질을 만들어내야 했던" '외딴방' 시절의 노동자들이다. 그들은 도망치고 싶은 '나'의 상처의 근원이다. 하지만 '나'는 글쓰기를 통해 그들에게 인간적 존엄을 부여하면서 그들을 "나의 내부의 한켠을 낳아"준 존재로 끌어안는다.

신경숙은 1990년대에 본격적으로 개화한 '문학주의'의 선두 주자였다. 그리고 한때 그의 이름은 문학주의와 상업적 성공의 행복한 만남을 상징했다. 그러나 이제 한편에서 '문학(주의)'은 의심스러운 것이 되었고 신경숙은 2015년의 표절 사태를 통해 그런 경향을 그 스스로

돌이킬 수 없는 것으로 촉발하고 재촉했다. 『외딴방』은 그런 신경숙이라는 문학적 신화의 최정점에 있는 소설이다. 그것은 글쓰기에 대한 진지한 자기성찰의 고투가 이루어낸 1990년대 문학의 빛나는 성과이기도 하다. 이후 신경숙의 문학은 『외딴방』이 도달한 성취를 결코 넘어서지 못했다.

⑪

# 은희경

『새의 선물』
1995, 문학동네

# 사랑 없이 사랑하는 법

1990년대는 환멸의 시대였다. 변혁에 대한 기대와 열망에도 불구하고 세상은 바뀌지 않았다. 오히려 1980년대를 불태웠던 혁명의 열기가 스러진 자리엔 쓰라린 환멸만이 남았다. 세상은 변하지 않으리라는 차디찬 냉소가 가슴에 품었던 대의와 이상을 잠식했다. 은희경의 『새의 선물』은 이 환멸과 냉소의 시대 분위기를 비춘 거울과 같은 소설이다. 무엇보다 차가운 환멸과 차디찬 냉소는 이 소설을 지탱하는 지배적인 정조다. 작가의 환멸과 냉소의 시선은 누구나 믿고 싶어 하는 우리 시대의 신화를 겨냥한다. 그 신화란 바로 낭만적 사랑의 신화다.

낭만적 사랑? 낭만적 사랑은 근대에 이르러 비로소 생겨난 역사의 산물이다. 그것은 영원히 지속되리라 기대되는, 결혼을 통해서만 완성되는 사랑이다. 근대 이전에 결혼은 계급을 유지하거나 노동력을 확보하기 위한 수단에 불과했다. 그러니 거기에 사랑이 꼭 필요한 건 아니었다. 그러나 근대에 들어서면서 연애는 자기 영혼의 반쪽을 찾는 정신적 여정이며 결혼은 그렇게 해서 찾은 '특별한 사람'과의 운명이라는 의미를 얻는다.

'날카로운 첫 키스'(혹은 첫 섹스)의 추억은 '운명의 지침을 바꾸어놓을' 정도로 강력한 서사적 힘을 갖게 된다. 특히 여성에게 낭만적 사랑은 일종의 자기발견의 서사 혹은 오디세이적 모험의 서사로 받아들여졌다. 그에 따르면 사랑은 변하지 않는 것이다(그래서 영화〈봄날은 간다〉에서 유지태는 말한다. "사랑이 어떻게 변하니?"). 그리고 그것은 운명이다. 낭만적 사랑은 그렇게 누구나 믿고 싶어하는, 삶의 판타지를 지탱하는 우리 시대의 신화가 됐다.

그러나『새의 선물』의 화자 '나'는 말한다. "사랑은 냉소에 의해 불붙여지며 그 냉소의 원인이 된 배신에 의해 완성된다." 은희경은 그렇게 낭만적 사랑의 신화를 부정한다. 그녀에 따르면 사랑은 하찮은 우연의 연속에 불과하며 타인과의 순수한 만남 또한 허구일 뿐이다. 사랑은 오해의 순간에 생겨났다가 배신에 의해 완성된다. 우리가 운명이라고 믿었던 사랑은 미혹에 불과하다. 영원하고 유일한 사랑에 대한 환멸과 냉소야말로 은희경 소설의 인장(印章)이다. 그리고『새의 선물』은 바로 그러한 은희경식 농담이 시작되는 소설이다.

『새의 선물』은 소도시 전문대학에 자리잡은 서른여덟 살의 강진희가 열두 살이었던 1969년을 회상하는 소설이다. 작가는 이제 막 근대화가 시작되려는 시대의 풍속을 세밀하면서도 풍부하게 재현한다. 두 채의 살림집과 한 채의 가겟집으로 이루어진 '우리집'에 세 들어 사는 다양한 인간 군상이 빚어내는 에피소드가 소설을 이끌어간다. 화자인 '나'(진희)는 열두 살이라는 나이가 무색하게 영악하고 조숙한 아이다. '나'는 관찰한다. 철없고 순수한 이모, 군대를 가기 위해 서울대 법대를 휴학중인 삼촌, 그리고 이들을 보살펴주는 실질적 가장인 할머니가 우선적인 관찰의 대상이다. 그리고 나머지 살림집과 가겟집에 세 들어 사는 사람들이 있다. 이들의 일상을 관찰하는 '나'는 마치 전지적 시점의 화자와 같은 권능을 과시한다. 이들의 모든 것을 꿰뚫고 관찰하면서 이들이 빚어내는 소소한 일상 속의 비밀과 거짓말을 염탐하고 간파하고 분석한다. 이를 통해 '나'가 확인하는 것은, 짐작과는 다른 비루한 생의 이면이다.

이때 바라보는 행위는 두 가지 의미를 갖는다. 하나는 이 세계를 바라보는 전지적 시점을 확보함으로써 세계에 대한 우월한 구경꾼의 위치를 차지하는 것이다. 다른 하나는 외면하고 싶은 끔찍하고 추악한 현실을 오히려 거꾸로 뚫어지게 바라봄으로써 면역력을 길러 그 현실에서 해방되는 것이다. '나'가 바라보는 모든 대상은 이런 방식을 통해 조정되고 통제된다. 자신 또한 거기서 예외는 아니다. 이를 위해 '나'

는 의식의 조작을 통해 자신을 두 개의 '나'로 분열시킨다. '바라보는 나'와 '보여지는 나'가 그것이다.

　슬픔. 그렇다. 내 마음속에 들어차고 있는 것은 명백한 슬픔이다. 그러나 나는 자아 속에서 천천히 나를 분리시키고 있다. 나는 두 개로 나누어진다. 슬픔을 느끼는 나와 그것을 바라보는 나. 극기 훈련이 시작된다. 바라보는 나는 일부러 슬픔을 느끼는 나를 뚫어져라 오랫동안 쳐다본다. 찬물을 조금씩 끼얹다보면 얼마 안 가 물이 차갑다는 걸 모르게 된다. 그러면 양동이째 끼얹어도 차갑지 않다. 슬픔을 느끼자, 그리고 그것을 똑똑히 집요하게 바라보자.

　'나'의 어머니는 대인기피와 우울증으로 자살 시도를 하다가 끝내 요양원에 갇혀 자살로 생을 마감했고, 아버지는 그런 어머니를 내팽개치고 재혼해버렸다. 그로 인해 '나'는 상처받지만 결코 슬픔과 고통에 빠지진 않는다. 어떻게? '극기 훈련'이 그것을 가능케 한다. '나'의 극기 훈련이란 바로 자아를 '보여지는 나'와 '바라보는 나'로 분리한 뒤, 슬픔을 느끼려는 '보여지는 나'를 '바라보는 나'가 "뚫어져라 오랫동안" 관찰하게 하는 것이다.

　이것은 연기(演技)로서의 삶이다. 이를 통해 '나'는 슬픔의 감정을 사소한 것으로 만들 뿐만 아니라 그것의 진정성조차 의심하게 만든다.

극복의 대상은 슬픔뿐만이 아니다. 쥐나 벌레에 대한 혐오감에서부터 타인에 대한 증오와 사랑, 심지어 진정성에 이르기까지, '나'의 마음을 뒤흔들고 '나'에게 영향을 미칠 수 있는 이 세계의 모든 것이 여기에 포함된다. 이것은 두려움과 공포의 대상을 응시함으로써 고통에 대한 면역력을 기르는 자기방어적 태도다. 즉 그것은 대상과의 무심한 거리를 확보하고 세계를 자신과는 무관한 것으로 치부함으로써 흔들리지 않는 평정심을 유지하려는 안타까운 노력이다.

그런 자기방어적 태도의 극명한 표현이 바로 성장의 거부다. 이 소설은 프롤로그와 에필로그에 등장하는 서른여덟 살인 현재의 '나'가 과거를 회고하는 형식을 취한다. 거기서 우리는 이 소설이 무지에서 앎으로, 미숙함에서 성숙함으로, 불완전함에서 완전함으로 변화하는 성장의 과정을 보여줄 것으로 기대한다. 그러나 작가는 그 기대를 배반한다. 처음부터 프롤로그의 소제목은 '열두 살 이후 나는 성장할 필요가 없었다'라고 달려 있다. '나'의 성장은 열두 살에 완료된다. 그것은 이 세상의 모든 의미와 가치에 대한 믿음을 삭제하는 일과 맞물려 있다.

'나'는 말한다. "그때 1969년 겨울, 나는 조그만 앉은뱅이책상 앞에서 '절대 믿어서는 안 되는 것들'이라는 제목의 목록을 지우고 있었다. 동정심, 선과 악, 불변, 오직 하나뿐이라는 말, 약속……" 그 목록을 다 지워버렸을 때, '나'의 성장은 완료된다. "나는 삶을 너무 빨리 완성했다." '나'의 성장은 세상의 모든 가치를 부정하고 세상이 좋게 변하리라는 기대마저 포기함으로써 완성된다. 그러나 이것은 성장이라기보다 '정체' 혹은 '지체'에 가깝다. 『새의 선물』을 성장 없는 성장소설이라고 할 수 있는 것은 그 때문이다.

환멸과 냉소는 바로 그 순간 피어오른다. 그것은 더이상 삶에 대한, 타인에 대한 아무런 기대도 없을 때 갖게 되는 정서 상태다. 특히 '나'는 주변 여성들이 겪는 사랑의 흥망성쇠를 냉정하게 관찰하며 냉소를 실천한다. 그것은 사랑에 덧씌워진 판타지를 벗겨내고 사랑의 허구성과 폭력성을 폭로하는 일이다. 그것을 한마디로 요약하면 "여자 팔자 뒤웅박 팔자"다. 강제로 욕을 당해 결혼한 뒤 외도와 구타를 일삼는 남편을 대신해 생계를 책임지면서도 이를 '팔자'로 받아들이는 광진테라 아줌마, 망한 집안의 생계를 위해 식모로 일하던 병원의 원장에게 겁탈당해 쫓겨난 뒤 서울에서 양공주가 된 방앗간집 맏딸 영숙이모, 신분 상승을 위해 뭇남성에게 교태를 부리다가 끝내는 가장 처지는 남자와 함께 돈을 훔쳐 야반도주한 미스 리, 유부남과의 사랑으로 많은 것을 잃은 혜자 이모, 첫사랑에게 배신당하고 혼전임신으로 중절수술을 하게 된 '나'의 이모.

'나' 또한 자신이 사랑했던 "하모니카와 염소의 실루엣"이 첫사랑이었던 허석의 것이 아닌, 더러운 낯빛의 구부정한 아저씨였다는 사실을 뒤늦게 깨닫는다. 우리가 사랑하는 것은 '바로 그 사람'이 아니라 사랑이라는 관념일 뿐이다. 그렇기 때문에 사랑의 논리는 언제나 대상에 대한 왜곡과 오해를 통해서만 완성된다.

이렇듯 '나'는 성인의 세계로 입문하는 과정에서, 상투적인 낭만적 사랑의 신화에 빠져 공전하는 여성들의 삶을 지켜보며 사랑에 대한 냉소를 갖게 된다. 그렇다면 사랑에 대해 어떤 태도를 취할 것인가? '나'는 말한다. "다시는 사랑에 빠지지 않을 것인가. 절대 그렇지 않다." 사랑에 빠지는 일에 대한 두려움이 없기 때문에, 지치지 않고 사랑에 빠질 수 있으며 집착 없이 그 사랑에 열중할 수 있게 될 것이다. 그것은 사랑 없이 사랑하는 법이다. 사랑의 고통을 벗어나는 가장 적극적인 방법은 사랑에 무심해지는 것이다. 사랑에 대한 진정한 환멸과 냉소는 사랑을 거부하는 것이 아니라 사랑을 무가치한 것으로, '나'와는 무관한 바깥의 사건으로 만드는 것이다. 그것이 『새의 선물』이 주장하는 사랑의 전략이다.

『새의 선물』의 작가는 말한다. 사랑은 우연적 사건에 불과하며 단편적 이미지에 일시적으로 매혹된 것에 불과하다. 세상의 모든 가치도 마찬가지다. 그렇다면 우리는 무엇을 믿어야 할 것인가? '나'는 말한다. "나는 인간이 진심으로 사랑하는 것은 자기 자신뿐이라고 확신하고 있는 것이다." 오직 자기 자신만이 환멸과 냉소의 대상에서 제외된다. 『새의 선물』은 세상에 대한 환멸과 냉소가 나르시시즘으로 귀결되어간 1990년대 문학의 운명을 보여주는 매혹적인 징후다.

⑫

# 백민석

---

『헤이, 우리 소풍 간다』
1995, 문학과지성사

# 폭력과 광기로 얼룩진 저주받은 걸작

　백민석의 장편소설 『헤이, 우리 소풍 간다』는 가벼운 신세대 문학이 지배하던 1990년대 문단의 한가운데 던져진 낯선 충격이었다. 백민석의 소설에는 광기, 욕설, 엽기, 폭력, 패륜, 살인 등이 아무렇지 않게 전시되고 있었고, 정상과 상식과 도덕의 경계가 속절없이 허물어지고 있었다. 뿐만 아니다. 거기에선 죽은 자가 산 자의 영혼을 지배하고, 소음과 악몽과 광기 어린 망상이 현실을 갈기갈기 찢어버리고 있었다. 소설의 형식은 또 어떤가. 이해하기 힘든 이상하고 폭력적인 망상과 환각이 곳곳에서 튀어나와 서사의 흐름을 중단시키고, 이야기는 알아보기 힘들게 조각조각 파편화되어 이해 불가능의 미궁으로 독자들을 끌고 간다.

　이 괴상한 소설의 대강은 이렇다. 주인공 K는 무차별한 폭력과 죽음의 망상에 시달리는 스물일곱 살의 극작가다. 그는 모든 것을 찢고 죽이고 파괴하는 폭력의 화신인 딱따구리의 환각에 시도 때도 없이 사로잡힌다. 딱따구리는 그의 영혼을 점령하고 일상의 평온을 파괴한다. 딱따구리의 환각에 사로잡힌 K는 결국 그 딱따구리가 탄생한 곳, 끔찍한 악몽과 폭력의 기원을 찾아 홀린 듯 길을 떠난다. 그 기원의 장소는 바로 멀리서 학살의 소문이 들려오던 1980~1981년 무허가 판자촌이다.

K는 그때 판자촌에서 폭력과 가난으로 물든 어린 시절을 함께했던 고아 친구들을 하나둘 불러모은다. 그 친구들은 모두 만화영화 주인공의 이름을 하고 있다. 요술공주 새리, 일곱난쟁이, 뽀빠이, 집없는소년, 손오공 등이 바로 그들이다. K와 친구들은 망각 속에 묻혀 있던 어린 시절의 옛 장소들을 하나씩 찾아다니며 그토록 잊고 싶었던 과거를 소환한다. 거기엔 안 선생님의 지도로 〈고아의 노래〉를 함께 불렀던 그리운 추억이 있기도 했지만, 대부분의 기억은 폭력과 죽음으로 얼룩져 있다. 그리고 그 중심에 있는 것이 바로 그들 어린 만화영화 주인공들의 대장이자 폭력의 화신인 박스바니와 얽힌 끔찍한 기억이다. 결국 그들이 이르게 되는 곳은 그들에게 트라우마를 안겨준 사건이 벌어졌던 "빌어먹을 일곱난쟁이들의 갱"이다. 그렇게 그들을 사로잡고 있었던 끔찍한 트라우마의 장소로 귀환하는 그들의 여행은 죽음으로 마무리된다.

대강의 줄거리를 요약해봤지만, 사실 이 소설은 요약이 불가능하다. 그다지 소득도 없다. 왜냐하면 이 소설은 그런 식의 줄거리를 훌쩍 초과하는, 폭발할 듯한 광적인 정념과 에너지에 의해 작동하기 때문이고, 서사를 찢어놓는 파편적인 환각의 이미지가 이야기를 압도하기 때문이다. 여하튼 『헤이, 우리 소풍 간다』는 이상한 소설이다. 무엇보다 이 소설은 그간 우리가 소설이라고 생각했던 것의 경계를 무너뜨리고, 그럼으로써 우리에게 익숙한 한국 소설의 관습과 계보를 훌쩍 넘어 허물어버린다. 무엇보다 이 소설의 주인공인 극작가 K부터가 이상한 별종이다. 그는 역겹고 지겨운 세상을 권태와 무위(無爲)로 가까스로 견디고 있는 인간이고, 망상과 환각에 사로잡혀 스스로를 악몽의 한가운데로 몰아넣는 인간이다. 좀더 나가보면, K는 소설의 화자-주인공이지만 진짜 주인공은 그가 아니다. 소설의 진짜 주인공은 다름 아닌 딱따구리다. 딱따구리란 무엇인가?

딱따구리는 K의 환각 속에서 파괴와 살육의 향연을 즐기는 괴물로 그려진다. 그리고 그 괴물의 정체는 소설의 곳곳에서 다양한 방식으로 암시된다. 이를테면, K의 어릴 적 고아 친구인 새리는 말한다. "내가 새리였던 것처럼 (……) 너도 무언가 있었지?" "넌 아마도…… 딱따구리, 였지?" K가 답한다. "그래." 그 시절 판자촌의 고아들은 텔레비전 브라운관을 누비는 만화영화 주인공들과 자신을 동일시했다. 고아 친구들은 각각 요술공주 새리, 일곱난쟁이, 뽀빠이, 집없는소년, 손오공 같은 만화의 캐릭터에 자기의 정체성을 투사하고 위로받았다. K도 그러했고, 그때 K가 동일시한 것은 딱따구리였다. 그런데 디즈니의 '딱따구리'는 점점 현실의 폭력에 감염되고 흡수되어 어느 순간 K도 모르는 사이에 살육과 폭력을 향유하는 딱따구리로 변태했다. 폭력적인 살육과 파괴를 자행하는 딱따구리는 K의 영혼 속에 숨어들어가 점점 커지면서 결국은 K의 의식까지 삼켜버린다. 이때 딱따구리는 단순한 이미지나 환각이 아니다. 그것은 말 그대로 실재한다.

애야. 그건 반드시 텔레비전 브라운관 속의 장난꾸러기 새만은 아니란다…… 그건 가짜가 아니란다. 애야, 그건,
실제 있는 실제 악몽의 또다른 그림자란다……

딱따구리는 "이 세상 끝까지 쫓아다닐 어떤 악몽"이고, K의 의식을 삼켜버린 K 안의 K다. 즉 K의 진짜 주인은 K가 아니라 딱따구리인 셈이다. 딱따구리라고 불리는 그것은 주체가 결코 피하거나 제어할 수 없는, 주체 안에 존재하는 어떤 파괴적인 힘이다. 그렇게 본다면 딱따구리는 다름 아닌 (프로이트가 말했던) 죽음충동의 다른 이름이다. 그처럼 충동에 의해 지배되는 영혼을 부르는 이름을 우리는 알고 있다. 그것은 바로 분열증이다. 사실 『헤이, 우리 소풍 간다』의 서사가 시종 이해하기 힘든 요령부득의 미궁으로 빠져들어가는 이유도 바로 거기에 있다. 산다는 것은 조금씩 "미쳐들 가는 거"라는 새리의 말처럼, 이 소설의 화자는 그렇게 점점 미쳐가는 영혼이다. 즉 이 소설은 살육과

파괴로 치달아가는 (죽음)충동에 의해 삼켜진 미쳐가는 영혼이 서술하는 이야기인 셈이다. 『헤이, 우리 소풍 간다』의 서사가 이해하기 힘들 정도로 파편화되어 있는 것은 그 때문이며, 이 소설의 서사를 분열증의 서사라고 할 수 있는 것도 그 때문이다.

『헤이, 우리 소풍 간다』는 1980년대의 현실을 암울하게 뒤덮고 있었던 폭력의 기운이 어떻게 오래도록 살아남아 영혼을 감염시키고 결국은 삼켜버리게 되는가를 파괴적인 방식으로 보여주는 소설이다. 이를 가장 극명하게 보여주는 지점이 바로 K와 그 친구들의 또다른 정체성으로 그려지는 만화영화 주인공들의 실체다. 1980년대는 흑백 TV가 컬러 TV로 바뀌었던 때였다. 화려한 컬러의 색채를 입고 브라운관을 누비던 만화영화 주인공들은 어린 고아들의 동심이 투사되는 대상이자 고아들의 고단한 정체성을 의지할 수 있는 또다른 자아 이미지였다. 그러나 이 소설에서 딱따구리를 비롯한 그 만화영화 주인공들은 끔찍한 폭력의 화신으로 변한다. 그리고 결국은 고아들의 영혼을 잠식하고 삼켜버린다.

이 소설의 충격 효과는 동심의 상징인 만화영화를 파멸적인 악몽의 드라마로 그려내는 강렬한 콘트라스트에서 오는 것이기도 하다. 그 점은 과거의 트라우마와 죽음의 한가운데로 자신을 몰아가는 고아 친구들의 죽음의 여행을 동심과 기대로 가득한 '소풍'이라는 반어적인 단어로 묘사하는 소설의 제목에서도 또 한번 분명히 드러난다.

그렇다면 이 모든 폭력과 광기의 드라마의 기원에는 무엇이 있는 가? 거기엔 바로 1980년 광주의 학살이 있었다. K와 그 친구들의 악몽이 시작되었던 1980년과 1981년, 고아 친구들이 살던 무허가 판자촌에는 광주의 학살 소식이 유언비어처럼 떠돌고 있었고 폭력 철거가 자행되고 있었으며 또 주변의 이웃이 소리 소문 없이 삼청교육대로 끌려가고 있었다. 이를 통해 이 소설은 저 모든 비극의 근원으로 광기와 폭력으로 일그러진 1980년의 시대적 분위기를 지목한다.

계급적 박탈감과 소외와 가난 속에 방치된 판자촌의 고아들, 전염병 같은 시대의 폭력과 광기에 저도 몰래 감염되고 그것을 내면화해 스스로를 끔찍한 폭력의 한가운데로 몰아가는 아이들, 어른이 되어서도 매 순간 귀환하는 죽음과 공포의 망령에 사로잡히는 그들, 그리고 그 과거의 망령을 불러들여 기어이 그 속에 자기를 내맡기고 분열증적 주체로 살아가는 화자-주인공 K. 백민석은 이들의 분열증적 드라마를 통해 끊임없이 현재로 되돌아와 우리의 삶을 파괴하는 1980년대 폭력의 기억을 유니크한 방식으로 이야기한다.

그러나 『헤이, 우리 소풍 간다』는 불운한 소설이다. 한국 소설의 관습을 멀리 뛰어넘는 파격적인 형식과 난해함 때문인지는 몰라도, 이 소설은 당대에 충분히 인정받지도 못했고 이해되지도 못했다. 그것은 이 소설이 '1990년대 문학'이라는 당대의 제한적인 프레임에 갇히지 않고 그것을 훌쩍 초월하는 강렬한 잠재성을 가지고 있었기 때문이고, 그럼에도 이를 설명할 수 있는 정확한 언어가 당대에는 존재하지 않았기 때문이다. 이 소설을 이를테면 '저주받은 걸작'이라고 말할 수 있는 것은 그 때문이다.

⑫

# 전경린

『내 생에 꼭 하루뿐인 특별한 날』
1999, 문학동네

# 세기말적 불륜

 20세기의 마지막 해인 1999년에 출간된 전경린의 『내 생에 꼭 하루뿐일 특별한 날』(이하 '내 생에')은 이제는 익숙하다못해 진부하기까지 한 간통 혹은 불륜을 소재로 한 장편소설이다. 오늘날 불륜은 상투적인 아침 드라마의 뻔한 단골 소재에 불과하거나, 연애와 결혼이 불가능한 젊은 세대에게는 꼰대들의 '부도덕한 짓거리' 정도로 받아들여지고 있다. 특히 남녀 간의 상간(相姦)이 음성적으로 만연한 한국 사회에서 허구적인 불륜 소설이 실제 삶에서 벌어지는 드라마틱하고 다양한 불륜의 이야기만큼 도발적이거나 충격적이기는 어렵다. 오늘날 불륜 소설이 더이상 위반의 서사로도, 아니면 저항의 서사로도 받아들여지지 않는 것은 이 때문이다. 그래서일까? 최근 한국문학에서도 불륜 소재의 소설은 찾기 어렵다.

 특히 성폭력 피해 여성의 커밍아웃이라고 할 수 있는 '문단 내 성폭력 해시태그 운동'과 전 세계적인 '미투 운동' 이후 한국문학에서 이

성애적 성관계는 아름답고 낭만적인 사랑의 서사로 읽히기보다는 불평등한 젠더 관계의 표현으로 혹은 강제와 동의 사이에서 벌어지는, 완전히 합의되지 않은 찝찝하고 불쾌한 사건으로 받아들여지는 경향이 있다. '데이트 폭력'이나 '데이트 살인'이라는 말로 포장된 여성에 대한 성폭력과 살인 사건이 끊임없이 벌어지고 '리벤지 포르노'라는 이름으로 연인과의 섹스가 음란물 시장에 돌아다니는 상황에서 이성애적 성관계는 여성에게 공포감과 불편한 감정만을 불러일으킬 뿐, 더이상 쾌락을 동반한 저항의 제스처로 받아들여지지 않는다. 이런 사정이야말로 2010년대 이후 한국문학에서 더이상 이성애적 애정 관계가 거의 묘사되지 않는 이유이기도 하다. 하물며 불륜이라니!

 그러나 불륜이라고 다 똑같은 불륜은 아니다. 전경린의 불륜 소설이 1990년대 여성문학의 지형도 속에서 하나의 세계를 구축하고 의미 있는 여성 의식의 변화를 담아낸 것으로 평가받는 것은 그에게 불륜은 '그냥' 불륜이 아니기 때문이다. 전경린의 '내 생에'에서는 불륜 남녀의 성애 장면이 수차례 상세하게 묘사된다. 그런 노골적인 섹스 장면 때문에 누군가에게는 이 소설이 여성의 성을 포르노적으로 소비하는 반페미니즘 소설로, 다른 누군가에게는 여성이 주체적으로 섹스할 수 있는 성 해방적 권력을 갖게 한 페미니즘 소설로 받아들여질 수 있다. 그러나 이 소설이 페미니즘 소설이냐 아니냐를 떠나서, 사회문화적 관점에서 볼 때 1990년대에 불륜, 그것도 여성이 성적 주체로 설정된 불륜의 드라마는 여성으로 하여금 결혼 제도 중심의 관습적 가족 관계에서 벗어나 스스로를 개인주의자로 새롭게 발견하는 계기를 마련해주기도 한다. 1970~1980년대 불륜 소설이 대체로 남편의 외도로 존재론적 위기에 빠진 전업주부를 중심으로 전개되는 데 반해, 1990년대 중반 이후 이러한 불륜 서사는 여성문학의 붐과 함께 여성 외도로 그 내용이 급격하게 변화한다. 여기서 중요한 사실은 그 이전에는 거의 다뤄진 적이 없는 여성의 욕망과 섹슈얼리티가 본격적인 서사의 대상이 되기 시작했다는 점이다. 그런 점에서 전경린 소설 속 불륜은 그저 대중 독자들의 흥미를 끄는 자극적인 소재에 그치지 않는다. 그것은 사회문화적 차원에서 이루어진 여성 의식의 변화를 담아내면서도, 관습적인 가족관계에서 벗어난 여성 개인주의자를 유의미한 여성 인물 유형으로 새롭게 발견하는 계기가 되기도 한다.

특히 '내 생에'는 불륜이라는 비합법적인 사랑에의 매혹이 어떻게 자기 확인의 욕구로 이어지는가를 잘 보여주는 작품이다. 작가 후기에서 밝혔듯이, 이 소설은 "합법적으로 제도에 편입되어 기념비가 되는 사랑보다는 삶을 무너뜨리고 얼굴을 다치며 내쫓기는 비합리적인 사랑"을 통해 "거듭되고 표절되는 진부한 삶의 궤도를 이탈"하고자 하는 욕망을 그리고 있다. 첫번째 창작집인 『염소를 모는 여자』에서부터 전경린은 결혼, 가족으로 대변되는 가부장제적 규범 속 타성화된 인간관계를 거부하면서 온전히 '나'로만 살고자 하는 강한 욕구를 지속적으로 강조한다. 그리고 불륜은 바로 이러한 자아의 변화를 가능하게 하는 계기로 작용한다. '내 생에'에서 불륜이 '실존적' 자아 탐색의 의미를 갖는 이유이기도 하다.

소설의 여주인공인 미흔은 남편 효경의 외도를 안 뒤 깊은 절망감에 빠져 무기력한 날들을 보낸다. 효경은 이러한 아내를 치유할 목적으로 '나비'라는 몽환적인 이름의 마을로 이사가는데, 미흔은 그곳에서 규라는 남자를 만나 통제 불가능한 욕망의 소용돌이에 휩싸이게 되어 결국 남편과 이혼을 한다. 규와의 부적절한 혼외 관계로 기존의 안정적이고 안락한 삶은 파괴되지만 미흔은 오히려 이를 계기로 기만적이고 허위적인 삶과 단절함으로써 "나 이외의 아무것도 되고 싶지 않은" "그저 나인 채로 끝까지 가고 싶은" 욕망으로만 채워진 삶으로 급격하게 이동하게 된다.

아이란, 가정이란 그 아름다운 동화로 얼마나 많은 여자들을 유폐시키는가. 얼마나 많은 여자들이 이 생에서 실종되는가. 그럼에도 불구하고 나 여기 있다고 존재를 드러내지 않았어야 했을까. 머릿속 어딘가에 고인 피가 넘어진 장롱처럼 생을 짓누를 때, 어떻게 빠져나갈 수가 있을까. 언제까지나 두 눈을 감고 잠자야 할까……
생물학자들은 나비가 불을 향해 달려드는 이유를 규명하기 위해 연구해왔지만 아직은 밝히지 못했다고 한다. 때로 여자가 스스로 불 속으로 몸을 던지는 것처럼 보이는 현상에 대해서는 누군가가 규명을 했던가. 혹은 규명하려고 노력이라도 했던가. 나비에 대해서는 노력을 하면서도 말이다. 규가 말한 나비의 날개와 복사열 이야기가 떠올랐다. 나비의 비밀은 체온이 뜨거운 동안만 날 수 있다는 데 있지 않을까. 그리고 여자의 비밀도……

아무런 이유 없이 "불 속으로 몸을 던지는" 나비는 바로 '실존적으로' 자아를 '성숙시키기 위해'서 어쩔 수 없이 파멸로 치달을 수밖에 없는 미흔의 다른 모습이다. 전경린 소설에서 이러한 나비의 모습은 비루한 일상을 초월하는 화려한 변신에의 욕구를 상징하는 것이 아니라, 새로운 자아를 생성하기 위해서는 파멸할 수밖에 없는 비극적 운명을 상징한다. 아내나 어머니라는 이름으로 여성을 구속하는 가정은 단지 "구역질 아니면 공포"이고 다른 사람들에 의해 예술 혹은 외설이 되는 성행위도 그녀들에게는 '그냥 가사일'에 불과하다는 사실은 여성의 탈주가 단지 사랑에 대한 낭만적 환상에 의해 촉발된 것은 아니라는 주장을 가능하게 한다. 이는 미흔이 남편과의 이혼 후 규와의 사랑에 매달리지 않고 오히려 그와의 사랑을 "지극히 짧은 한순간 하늘을 가른 번갯불이거나 사막을 떠도는 신기루, 여름 한낮의 무지개 같은 근거 없는 낭설"로 치부하는 것에서도 잘 나타난다. 즉 미흔에게 중요한 것은 불륜 그 자체라기보다 이를 통해 이루어지는 허위적 삶과의 단절, 그리고 '나'의 욕망으로만 이루어지는 완전한 삶의 회복이다.

분명 이러한 새로운 여성 '자아주의자'의 탄생은 여성 섹슈얼리티에 대한 고정관념을 전복시킬 수 있는 가능성을 지닌다. 그러나 허위적 삶과의 완전한 단절을 통해서야 비로소 이루어지는 전경린의 자아의식은 너무 고립적이고 유폐적이다. '낯선 도시'에서 사설 우체국의 여직원이 되어 "아무도 마주치지 않고, 아무것도 그리워하지 않"으면서 지내는 미흔의 고립된 자기 세계는 다소 몽환적이고 초현실적이다. 이 때문에 오히려 미흔의 현실 탈주는 관념적이고 불가능한 것으로 보이기도 한다.

　게다가 여성의 성과 육체를 가부장제적 억압에 대한 저항의 장소로 활용하는 전경린 소설의 전략은, 아무리 자율적이고 해방적인 것으로 재현된다고 하더라도 얼핏 여성의 성적 육체를 중심으로 그동안 이루어진 포르노적 대상화 논리를 연상시킬 우려가 있다. 왜냐하면 푸코가 억압 가설의 한계를 지적하면서 주장한 것처럼 여성의 성 해방 그 자체가 곧바로 여성에 대한 사회적 인식의 변화로 이어지지는 않기 때문이다. 1990년대 여성해방의 물결 속에서 이루어진 능동적인 여성 섹슈얼리티에 대한 재현이 오히려 여성을 성적 존재로만 제한하는 여성에 대한 본질론적 인식을 강화할 수 있다는 비판적 지적이 가능한 이유이기도 하다. 그렇다면 '미투' 이후의 독자들에게 전경린의 '내 생애'는 어떻게 읽힐까? 단순한 섹스 스캔들을 넘어 실존적 자기 탐색의 서사로 읽힐 수 있을까? 여성의 성 해방과 성적 자유가 거꾸로 여성 통제의 수단으로 활용되어온 전례를 떠올려본다면 과연 전경린의 이 소설은 여전히 페미니즘적으로 읽힐 가능성이 있을까?

그런데 이런 질문들이야말로 전경린의 '내 생에'가 단순히 대중적 흥미를 불러일으키는 불륜 소설에 그치는 것이 아니라, 1990년대 여성 문학의 지형도 속에서 그리고 미투 이후의 페미니즘 리부트 시대에도 여전히 문제적인 소설로 읽히는 이유가 아닐까? 여성의 사회 내적 위치가 조정되던 1990년대에 만들어진 전경린 소설에서 불륜은 단순히 남녀 간의 치정 사건만이 아니라 오히려 그러한 사건을 둘러싸고 벌어지는 문화적으로 서로 다른 가치들 간의 갈등과 투쟁을 드러내는 서사적 계기로 작동했다. 전경린의 '내 생에'는 그 당시는 물론 지금도 여전히 현재진행형인 여성의 성과 육체를 둘러싼 양가적이며 적대적이기까지 한 논란들의 문학사적, 페미니즘적 각축장으로서 중요한 의미를 갖는다.

⑬

김영하

『검은 꽃』
2003, 문학동네

# 헬조선 탈출 전말기

2000년대는 새로운 역사소설이 흥성했던 시기다. 이전의 역사소설이 대개 민족주의 이념을 바탕으로 역사를 진지하고 충실하게 재현하고 있었다면, 이 시기의 역사소설은 그와 다르다. 민족과 국가의 운명과 관련된 '큰 이야기'가 아니라 평범한 개인의 운명과 소소한 일상을 다루는 '작은 이야기'가 서사의 중심으로 떠오른다. 역사적 사실에 충실하기보다 역사를 상상과 판타지를 통해 새롭게 재구성하는 '팩션'이 인기를 끌기 시작한 것도 이즈음이다. TV 드라마로 방영됐던 〈다모〉와 〈대장금〉이 좋은 사례다. 2000년대의 많은 역사소설은 그렇게 민족과 국가의 운명을 중심에 놓는 '큰 이야기'로서의 역사를 거부하고 제각기 역사를 살아가는 평범한 개인이나 소수자의 운명에 주목하기 시작했다. 김영하의 역사소설 『검은 꽃』은 이런 흐름의 한가운데 있는 소설이다.

1905년 4월 4일, 새로운 꿈을 찾아 고국을 버린 1,033명의 조선인

이 있었다. 이들은 영국 기선 일포드호에 몸을 싣고 멕시코라는 미지의 세계를 향해 떠난다. 가난한 황족, 몰락한 양반, 도시 부랑자, 파계한 신부, 굶주린 대한제국 군인 등 그들은 신분도 처지도 다르지만 하나만은 같았다. 모두 무능하고 부조리한 구한말 조선의 폭압적 현실을 견디지 못해 새로운 삶에 대한 기대로 조선을 떠나려고 한다는 것. 멕시코로 가는 도중 배에 이질이 퍼져 사람들이 죽어가는 상황에서도 그들의 의지는 한결같다. "제 나라 백성들한텐 동지섣달 찬서리마냥 모질고 남의 나라 군대엔 오뉴월 개처럼 비실비실, 뼈도 없고 줏대도 없는 그놈의 나라엔" 절대 돌아가지 않겠다. 그렇게 그들은 다짐한다.

이들의 여정은 비유적 의미가 아니라 문자 그대로 헬조선 탈출의 여정이다. 그렇다면 헬조선을 벗어난 그들은 어떻게 됐을까? 그들은 미지의 세계로 떠난 후 다시는 돌아오지 못했다. 김영하의 『검은 꽃』은 그들의 탈출과 꿈의 좌절을 좇아가는 역사소설이다.

이 소설의 시작은 이상하다. 주인공 김이정이 죽어가는 모습이 소설의 서두에 제시된다. 김이정은 늪에 고개를 처박고 죽어가고 있다. 감은 그의 눈에 멕시코로 떠나기 전 제물포항에서 그를 기다리던 사람들의 모습이 환하게 몰려든다.

물풀들로 흐느적거리는 늪에 고개를 처박은 이정의 눈앞엔 너무나 많은 것들이 한꺼번에 몰려들었다. 오래전에 잊었다고 생각한 제물포의 풍경이었다. 사라진 것은 없었다. 피리 부는 내시와 도망중인 신부, 옹니박이 박수무당, 노루 피 냄새의 소녀, 가난한 황족과 굶주린 제대 군인, 혁명가의 이발사까지, 모든 이들이 환한 얼굴로 제물포 언덕의 일본식 건물 앞에 모여 이정을 기다리고 있었다. 눈을 감았는데 어떻게 이 모든 것들이 이토록 선명할까. 이정은 의아해하며 눈을 떴다. 그러자 모든 것이 사라졌다. 그의 폐 속으로 더러운 물과 플랑크톤이 밀려들어왔다. 군홧발이 목덜미를 눌러 그의 머리를 늪 바닥 깊숙이 처박았다.

이 짧막한 서두가 있은 뒤에야, 제물포항에서 출항을 기다리는 장면이 시작된다. 즉 소설의 이야기는 주인공이 죽은 다음에 시작되고, 소설 전체는 죽은 자의 눈으로 돌아보는 이야기가 된다. 아무런 설명 없이 처음에 돌연 등장하는 이 죽음의 장면은 소설을 끝까지 읽은 뒤에야 비로소 의미가 파악된다. 이 장면은 주인공 김이정이 과테말라 정부군에 의해 사살되는 결말 부분이다. 도시 부랑자로 떠돌던 김이정이 멕시코행 일포드호에 승선한 건 새로운 삶에 대한 충동 때문이었다. 멕시코 농장에서 고된 노동에 시달리고 멕시코 혁명의 소용돌이에 휩쓸린 뒤에 가까스로 그가 도달한 곳은 바로 죽음으로 가득한 늪지대다. 작가는 이 죽음의 상황을 도입부에 배치함으로써 소설 전체를 죽음의 이미지로 감싼다. 늪에 고개를 처박힌 김이정은 눈을 감은 짧은 순간에 그동안 잊었던 사람들을 떠올린다. 그들은 멕시코라는 "먼 곳으로 종적 없이 사라져버린 사람들"이다. 그들은 멕시코 에네켄 농장에서의 혹독한 노동과 죽음을 견딘 다음 멕시코 전역으로 흩어져서 살아남거나 죽었다. 『검은 꽃』은 그 흔적 없이 죽어간 사람들의 이야기다.

"그들이 떠나온 나라가 물에 떨어진 잉크 방울처럼 서서히 사라져가"듯이 그렇게 역사와 기억의 저편으로 사라져간 사람들의 이야기. 새로운 정처를 찾아 떠났지만 결국 정처 없이 떠돌다 죽은 사람들의 이야기. 이민자였지만 난민이 되고 만 사람들의 이야기. 그런 점에서 『검은 꽃』은 죽어가는 자의 플래시백으로 역사 속에서 잊힌 존재들을 불러들이는 초혼(招魂)의 서사다.

『검은 꽃』은 겉으론 멕시코 에네켄 농장으로 떠난 한인 이주민의 역사를 좇아가지만 시련과 역경을 이겨낸 근대적 성공담 따위는 애초에 작가의 관심사가 아니다. 다른 역사소설에서라면 으레 성공담의 주인공이 될 법한 김이정의 운명에서 드러나는 것처럼 이 소설은 직선적인 발전을 향해 나아가지 않는다. 김이정은 "고아로 자랐으나 주눅 들지 않았"으며 "남달리 이해력이 좋은 영민한 아이"였다. 그러나 그는 역설적이게도 바로 그 남다른 특별함 때문에 남의 나라에서 혁명의 소용돌이에 휘말려 익명의 무국적 아나키스트로 생을 마감한다.

멕시코로 떠나는 배 안에서 김이정과 만나 신분의 격차를 넘어 사랑에 빠진 이연수는 또 어떤가. 그녀는 왕족으로서의 "타고난 귀티와 남다른 오만함"은 물론 "남자처럼 공부하고 직업을 얻고 세상에 나가 뜻을 펼치는 꿈"을 지녔던 여인이다. 그러나 그녀는 꿈을 이루기 위한 어떤 시도도 하지 못한 채 남자들에게 팔려 다니다가 멕시코 암흑가에서 매춘업과 고리대금업을 하다 늙어 죽는다. 그 과정에서 김이정과 이연수의 순수하면서도 격정적인 로맨스는 짓밟히다가 결국에는 해체된다.

다른 인물들도 마찬가지다. 모든 개인의 운명은 철저하게 뒤집히고 뒤틀린다. 지배자의 탐욕과 참담한 노동착취, 부패하고 불평등한 사회체제를 견디지 못해 헬조선을 탈출한 사람들은 도처에서 지옥을 보게 된다. 그들이 타고 온 일포드호의 선실부터가 지옥이다. 그곳은 "고약한 냄새" "욕설과 한탄, 비난과 주먹다짐"이 난무하는 곳이며 그래서 차라리 "신화 속 괴물의 내장 같은" 곳이다. 그들이 마침내 도착한 멕시코 에네켄 농장도 마찬가지다. 그들은 그곳 또한 기아와 살육, 탐욕과 강간이 반복되는 '괴물의 내장'에 불과했음을 뒤늦게 깨닫는다. 돈 없고 '빽' 없는, 심지어 나라까지 없는 백성들에게 헬조선은 도처에 있었다. 모든 곳이 지옥이다.

결국 『검은 꽃』에서 이민자들이 사로잡히는 "멕시코라는 나라에 대한 단꿈"은 애초에 말도 안 되는 허황하고 허망한 것이었음이 드러난다. 작가에 따르면 국가 또한 다르지 않다. "국가야말로 만악의 근원이다. 그런데 국가는 사라지지 않는다."

소설 속 많은 인물들, 특히 남성들은 국가의 무능과 적폐를 비난하면서도 바로 그런 이유 때문에 새로운 국가에 대한 열망 혹은 미혹에 사로잡힌다. 몰락한 왕족 이종도는 물론이고 "1960년대 박정희 소장에 의해 현실화된 군사정권"에 가까운 '숭무(崇武) 사상'에 사로잡힌 대한제국 군인 출신 조장윤, 조국을 떠나면서 비로소 이름 석 자를 갖게 된 무국적주의자 김이정에 이르기까지, 그들 모두가 꿈꿨던 것은 그들이 떠나왔던 나라와는 완전히 다른 나라였다. 그러나 이런 식의 '나라 만들기'의 꿈은 역사에 휩쓸려 소멸해간 쓸쓸한 소극(笑劇)에 그치고 만다.

좋아, 그렇다고 쳐. 나라가 있든 없든 그게 우리하고 무슨 상관이지?

이정은 잠시 뭔가 생각하는 듯했다. 그리고 싱긋 웃었다. 있든 없든 상관없다면 있어도 된다는 이야기인가? 그렇다면 하나쯤 만들어도 되지 않을까?

(……) 죽은 자는 무국적을 선택할 수 없어. 우리는 모두 어떤 국가의 국민으로 죽는 거야. 그러니 우리만의 나라가 필요해. 우리가 만든 나라의 국민으로 죽을 수는 없다 해도 적어도 일본인이나 중국인으로 죽지 않을 수는 있어. 무국적이 되려고 해도 나라가 필요한 거라구.

김이정에 따르면 국가란 있든 없든 아무래도 상관없다. 그러나 제대로 죽기 위해서라면 국가는 필요하다. 산 자를 위한 국가가 아니라 죽은 자를 위한 국가. 다시 말하면 국가란 산 자에겐 실제로 아무런 가치도 의미도 없는 허망한 것에 불과하다. 『검은 꽃』은 "그러나 그곳을 거쳐 간 일단의 용병들과 그들이 세운 작고 초라한 나라의 흔적은 발굴되지 않았다"라는 문장으로 끝난다. 죽은 자들을 위한 국가는 결국 죽은 자에게도 별 효용을 발휘하지 못한 것으로 밝혀진다. 이들은 모두 그렇게 지워진다.

　2000년대는 민족주의와 국가주의의 정당성과 자명함이 의심받기 시작한 시대다. 개인의 정체성을 보증해주는 국가와 민족의 필요와 정당성을 의심하고 냉소하는 『검은 꽃』은 그러한 탈근대적 시대의 흐름을 반영한 소설이다. 먼 곳을 향해 떠난 사람들이 처음 품었던 새로운 삶에 대한 열망, 발전에 대한 기대, 새로운 국가 건설에 대한 노력 등은 결국 어쩔 수 없는 우연한 계기로 흩어지고 구부러진다. 역사적 필연성도, 자신의 운명을 선택하고자 하는 개인의 의지도 이 허망한 시간을 되돌리지는 못한다. 그 점에서 이 소설은 역사소설의 외피를 두르고 있지만 실상은 삶에 대한 허무주의적 의식이 강하게 드러나는 소설이다. 세상은 항상 개인의 진의와는 무관하게 오히려 그것을 배반하면서 굴러간다. 『검은 꽃』에서 작가 김영하가 도달한 지점은 바로 이러한 삶의 우연성과 불가항력이 아니었을까? 결국 개인의 운명은 민족과 국가의 운명과는 무관하게 우연의 굴곡을 따라 흘러갈 뿐이다. 소설의 제목 '검은 꽃'은 우연히 역사의 급류에 휘말렸지만 다시 역사 바깥으로 밀려나 죽은, 그리고 망각된 존재들에 대한 작가의 조화(弔花)를 의미하는 것은 아닐까?

⑬

# 박민규

『삼미 슈퍼스타즈의
마지막 팬클럽』
2003, 한겨레출판

# 진리는 삼천포에 있다

2000년대 초반, 어느 날 이상한 소설가가 나타났다. 어수선한 머리에 지저분한 콧수염을 하고 커다란 고글을 쓴, 용모 단정과 아에 담을 쌓은 듯한 그는 자기를 '무규칙 이종소설가'로 불러달라고 요구했다. 과연 그의 파격적인 용모답게 소설도 엉뚱함과 재기발랄로 넘쳐났다. 각종 대중문화 아이콘들을 소설 안에 끌어들이고 천방지축 유희하며 미끄러져가는 그의 소설은 '이런 것도 소설인가?'라는 의문을 불러일으킬 정도로 엉뚱하고 파격적이었다. 그의 소설이 보여준 재치 있고 활달한 화술과 기발한 상상력은 빠른 시간 안에 적지 않은 대중 독자들을 그의 곁으로 모여들게 만들었다. 그 소설가가 바로 박민규다.

박민규의 소설은 문학 바깥의 온갖 잡스럽고 이질적인 것들을 소설 안으로 끌고 들어와 소설의 익숙한 규범을 교란했다. 그것은 기존 소설의 경계를 허물고 넓혀가는 실험이었다. 그의 소설은 만화와 무협지, 인터넷과 게임 같은 엉뚱한 비문학적 요소들의 유희적 도입이 어떻게 문학적 체험의 확장과 갱신에 기여할 수 있는지를 보여주었다. 2003년 한겨레문학상을 수상한 장편소설 『삼미 슈퍼스타즈의 마지막 팬클럽』(이하 '마지막 팬클럽')은 그런 박민규의 문학 세계가 이제 본격적으로 펼쳐지리라는 걸 예고한 소설이다.

'마지막 팬클럽'은 인천 연고의 프로야구 팀 '삼미 슈퍼스타즈'의 어린이 팬클럽 회원이었던 '나'의 성장을 다룬 소설이다. 평범한 가정의 평범한 아이였던 '나'가 삶의 시련과 방황과 좌절을 겪고 일어나 새로운 삶을 시작하게 된다는 이야기다. 이렇게 정리해놓고 보면 다소 뻔하고 상투적인 것처럼 보인다. 그러나 작가는 이 단순한 성장소설의 얼개에 기발한 유머와 종횡무진 뻗어나가는 활달한 입담으로 흥미진진한 활기를 불어넣는다.

소설은 프로의 세계와 아마추어의 세계를 대비하면서 전개된다. 프로야구가 시작된 1982년, 바야흐로 프로의 시대가 시작되었다. 모두가 프로가 되어야 한다는 사회적 분위기가 조장되었고, 대다수 국민들은 "아마와 프로 사이의 38선"을 넘어서기 시작했다. 세상은 프로들로 넘쳐나고 있었다. 프로야구는 이 '프로의 세계'의 상징이었다. '나'에 따르면 야구는 인생의 축소판이다. 국민학교 졸업을 앞두고 있던 '나'는 삼미 슈퍼스타즈의 어린이 팬클럽에 가입하며 프로야구에 빠져든다. 하지만 곧 실망하고 좌절한다. 문제는 삼미 슈퍼스타즈의 야구에 있었다.

프로야구 원년, 우리의 슈퍼스타즈는 마치 지기 위해 이 땅에 내려온 패배의 화신과도 같았다. 어느 정도인가 하면—오늘도 지고, 내일도 지고, 2연전을 했으니 하루를 푹 쉬고, 그 다음날도 지는 것이다. 또 다르게는 일관되게 진다고도 말할 수 있고, 어떤 의미에서는 용의주도하게 진다고도 말할 수 있겠으나, 더 정확한 표현을 빌리자면 주도면밀하게 진다고도 말할 수 있고, 쉽게 말하자면 거의 진다고 할 수 있겠다.

실제로 삼미 슈퍼스타즈는 프로야구 원년 15승 65패로 승률 1할 8푼 8리라는 불멸(?)의 대기록을 세웠고 1985년에는 18연패라는 전무후무한 기록을 남긴 팀이다. 삼미를 응원하던 '나'의 열광과 기대는 곧 실망으로 바뀐다. 삼미의 야구는 어처구니없는 패배로 점철되었다. '나'가 보기에 그것은 야구의 상식을 무너뜨리는 패배였고 자연의 순리를 거스르는 느낌의 패배였다. 어느 정도인가 하면, 심지어 삼미와 싸우는 상대 팀을 원망할 정도다. "나는 생각했다. 한 민족끼리 이래도 된단 말인가?"

조롱의 대상으로 전락한 삼미의 야구를 열심히 응원하다 좌절한 '나'는 세상의 쓰라린 진실을 깨닫는다. 평범한 삶을 살아도 눈에 흙을 뿌려야 할 만큼 치욕을 당하는 것이 프로의 세계라는 것을. 이후 '나'는 심기일전해 일류 대학에 들어가고 대기업에 입사하는 등 본격적인 경쟁의 세계에 뛰어든다. 하지만 '나'를 기다린 건 국제통화기금(IMF) 외환위기 사태의 여파로 인한 구조조정과 아내의 이혼 통보였다.

무자비한 경쟁의 세계에 지치고 환멸을 느낀 '나'는 어린 시절 같은 팬클럽 회원이었던 친구 조성훈을 만나 삶의 방향을 전환한다. 생각의 전환도 뒤따른다. "지면 어때?" 그들은 '삼미 슈퍼스타즈의 마지막 팬클럽'을 결성하고 프로의 세계에서 탈락한 패배자들을 모아 삼미 슈퍼스타즈의 야구를 재현하기로 한다. 이기기 위한 야구가 아니라 아름답고 행복한 '진짜' 야구를.

'마지막 팬클럽'은 자본주의가 조장하는 무한 경쟁의 삶에 순응하고 적응하기를 사양하는 탈(脫)자본 교양소설이다. '나'가 결국 거부하는 것은 프로의 세계 곧 자본주의의 삶과 라이프 스타일이다. 작가는 그 프로의 세계를 미국 '자본주의의 프랜차이즈'라고 요약한다. 작가에 따르면 프로야구의 출범으로 활성화된 '프로의 세계'는 자본과 국가권력이 국민을 고단한 자본주의적 경쟁으로 몰아넣기 위해 고안하고 치장한 그럴듯한 선전 구호에 불과하다. 작가는 프로가 되길 권장하는 세상의 구호들 이면에 숨은 진실을 냉소와 유머를 섞어가며 곳곳에서 발설한다. 가령,

프로는 끝까지 책임을 진다: 아마추어 음해와 더불어 야근의 생활화 고착을 목표로 한 프로복음 9호 되겠다. 이후 아마추어는 책임감이 없다는 사회적 무의식과 야근은 당연한 거 아니냐는 기업 풍토가 널리 확산된다.

같은 식이다.

소설은 그런 무한 경쟁의 세계(프로의 세계)에서 "지면 어때?"라고 생각하는 '아마의 세계'로 역행하는 '나'의 선택을 그린다. 그런 선택을 뒷받침하는 것은 이 소설의 음모론적 세계 인식이다. 음모론이란 현실의 모든 것이 배후에서 그것을 조종하는 어떤 행위자의 음모에 의해 결정된다고 생각하는 현실 인식의 내러티브다. 이에 따르면 모든 것은 자본의 음모이자 계략이다. 이 소설에서 '속지 말자'는 다짐이 강조되는 것은 이런 맥락이다. 자본의 음모에 넘어가지 말자는 것이다. 그래서 조성훈은 말한다. "제발 더이상은 속지 마. 거기 놀아나지 말란 말이야." 진짜 삶은 자본의 음모에 속지 않을 때 찾아온다.

'마지막 팬클럽'을 이끌어가는 것은 시종 종횡무진 가지를 뻗어나가는 능청스러운 유머와 농담, 엉뚱하고 황당한 허풍과 언어유희다. 그리고 그것이 소설의 읽는 재미를 배가한다. 그러나 그의 소설이 들려주는 유머와 농담의 이면에는 IMF 구제금융 사태 이후 생존의 공포에 짓눌린 평범한 개인의 삶의 피로와 비애가 무겁게 깔려 있다.

소설은 구조조정으로 직장을 잃고 루저(loser)로 전락한 '나'의 의식을 통해 지금 우리 삶이 떠안고 있는 불안과 허무와 상실감, 승자독식무한 경쟁의 강요에 짓눌린 삶의 불안과 고통을 환기한다. 때로는 딴전 피우며, 때로는 유머와 농담으로 능청스럽게 비껴가면서 이 소설이 이야기하는 것은 이 괴물 같은 현실에서 아무것도 기댈 것 없는 나약하고 무력한 개인이 선택할 수 있는 새로운 삶의 태도다. 그래서 '나'는 어디로 가는가?

벤처 사업을 해보자는 제의를 뿌리치고 야구를 하기로 했다는 '나'에게 선배는 말한다. "자식, 잘나간다 싶더니 삼천포로 빠졌구나." '나'가 선택한 삶의 태도는 바로 삼천포로 빠지는 것이다. 즉 경쟁에서 이겨야 한다는 목적을 향해 한길로 내달리는 삶을 거절하는 것이다. 그것은 '그저 달리기'보다 '어떻게' 달려야 하는가를 고민하는 것이다.

인생의 숙제는 따로 있었다. 나는 비로소 그 숙제가 어떤 것인지를 어렴풋이 느낄 수 있었고, 남아 있는 내 삶이 어떤 방향으로 흘러가야 할지를 희미하게나마 짐작할 수 있었다. 그것은 어떤 공을 치고 던질 것인가와도 같은 문제였고, 어떤 야구를 할 것인가와도 같은 문제였다. 필요 이상으로 바쁘고, 필요 이상으로 일하고, 필요 이상으로 크고, 필요 이상으로 빠르고, 필요 이상으로 모으고, 필요 이상으로 몰려 있는 세계에 인생은 존재하지 않는다.

진짜 인생은 삼천포에 있다.

삼천포에서 진짜 인생을 발견한 '나'는 그제야 깨닫는다. 무한 경쟁의 강요에 휘둘려 앞뒤 돌아보지 않고 목표를 향해 달려왔던 그때, 나는 눈에 보이지 않는 하나의 점에 불과했다. 그러나 지금은 하나의 '지구'다. '나'는 결코 포기할 수 없는 자기 자신만의 충만한 가치를 발견한다.

물론 이것은 우리의 삶을 잠식한 자본의 지배 그 자체에 도전하기보다 그로 인한 상처를 최소화하는 일종의 우회적인 적응의 방편일 수도 있다. 그러나 '마지막 팬클럽'에서 '나'의 선택은 그럼에도 불구하고 자본이 기획한 제도적 삶의 구속에 얽매이지 않고 그와 전혀 다른 자리에서 나름의 삶의 기획을 창안하고 향유하는 탈자본적 대중 의식의 중요한 징표다. 그리고 형식과 규범, 중심과 권위를 부정하고 주어진 궤도를 이탈해 몸 가볍게 유희하는 박민규의 소설도 바로 그렇다. 박민규의 소설은 삼천포에 있다.

⑭

# 김애란

---

『달려라, 아비』
2005, 창비

# 2000년대식 정신승리법

김애란은 2000년대에 가장 핫한 젊은 작가 중 하나였다. 첫 소설집 『달려라, 아비』를 통해 그는 2000년대 소설의 새로움과 젊은 감수성의 선두주자로 각광받았다. 평론가 신형철은 "김애란을 사랑하라는 명령"이 문단 안팎의 불문율임을 지적했고, 많은 이가 고개를 끄덕였다. '외로워도 슬퍼도 울지 않는' 만화적 명랑성, 가난하고 고된 일상 속에서 발휘되는 동화적 천진난만함, 거짓 상상을 통해서라도 자신을 버리고 도망간 아버지를 긍정하는 어른스러운 대범함. 김애란 소설 속의 '어린' 주인공들이 보여주는 모습이다. 그들은 이 세계의 비참과 우울을 그대로 떠안고 있으면서도 결코 아프다고 엄살 부리지 않는다. 오히려 자기긍정의 주술을 통해 명랑하고 코믹한 태도로 맞선다. 아울러 자기가 떠안은 고통과 슬픔을 "거대한 관대"로 되돌려준다. 『달려라, 아비』는 이를 통해 그 제목만큼이나 경쾌하고 명랑한 김애란 특유의 감각과 감수성을 2000년대식으로 보여준다.

'2000년대식'이란 무엇인가? 일단 사회경제적 조건의 차원에서, 비참한 어린 개인주의자들의 내면 풍경이 있다. 그들의 내면을 잠식한 것은 외환위기 사태 이후 본격적으로 진행된 계급 고착화와 빈부격차의 확대, 전반적인 소득수준의 하락이 불러온 빈곤에 홀로 맞닥뜨린 자의 불안이다. 일자리를 잃을지도 모른다는 불안감, 열악한 지금보다 상황이 더 나빠질 수 있다는 절망감은 이 세계 전체에 대한 공포로까지 확장된다. 특히 어떤 사회경제적 토대도 마련하지 못한, 아직 사회에 입문하지 못한 청년들에게 이런 현실은 단기적으로 해결 불가능한 것이어서 더욱 심각한 실존적 압박으로 다가온다. 2000년대의 비참한 개인주의자들에게서 지금의 '삼포세대'의 얼굴을 발견하게 되는 것은 그 때문이다. 그들의 의식을 지배하는 것은 자기가 발 딛고 있는 땅이 언제 무너질지 모른다는 공포심이다. 이들이 바로 김애란 소설의 인물들이다.

그들이 처한 누추한 현실은 스스로를 다른 사람으로부터 격리시키게 만든다. 지난 시절, 가난은 계급적 동질감과 연대감의 동기였다. 그러나 2000년대 이후 가난은 이들을 세상에서 격리된 한 칸 방에 고립시킨다. 이때 '방'은 이중의 의미를 갖는다. 우선 그것은 후기자본주의 사회에 만연한 개인주의적 라이프 스타일을 의미하지만, 다른 한편으론 실제적 권리로부터 '박탈된' 상태를 의미한다.

김애란 소설에 자주 등장하는 고시원과 원룸이 그렇다. 등단작인 「노크하지 않는 집」을 보자. 이 소설에서 '나'는 "여관식 자취방"에 사는 다섯 여자 중 하나로 1번방 아가씨로 불린다. '나'는 두 번의 도난 사건을 겪은 뒤, 열쇠 가게 주인의 도움으로 나머지 네 여자의 방에 들어가게 된다. 그리고 그 순간, "나는 목격하고야 만다. 내 방과 가구에서부터 옷, 장신구, 책, 그리고 방바닥에 난 담배빵 자국까지 하나의 오차도 없이 징그럽게 똑같은 네 여자의 방을". 그리고 바로 이 순간, '나'는 방의 구조뿐만이 아니라 자신의 취향이나 개성조차도 사실은 자본주의적으로 견고하게 디자인된 것에 불과하다는 것을 깨닫는다. 그리고 알게 된다. 한 칸 방에서 스스로를 특별하다고 생각했던 자기가 사실은 숫자로만 존재하는 무명(無名)의 존재이자 누추한 익명적 타자에 불과했다는 사실을. 김애란 소설의 인물들이 경험하는 공간이 대개가 그렇다. 편의점 또한 마찬가지다.

내가 편의점에 갈 때마다 어떤 안심이 드는 건, 편의점에 감으로써 물건이 아니라 일상을 구매하게 된다는 생각 때문인지도 모르겠다. 비닐봉지를 흔들며 귀가할 때 나는 궁핍한 자취생도, 적적한 독거녀도 무엇도 아닌 평범한 소비자이자 서울시민이 된다. 그곳에서 나는 깨끗한나라 화장지를, 이오요구르트를, 동대문구청에서 발매한 10리터용 쓰레기봉투를, 좋은느낌 생리대를, 도브 비누를 산다.

김애란 소설은 편의점을 한국 소설의 의미 있는 공간으로 새롭게 편입시켰다. 그곳은 24시간 개방되어 있고 많은 사람이 드나드는 곳이지만 서로에 대해 묻지 않는 공간이다. 김애란이 그리는 편의점은 '혼밥'과 '혼술'로 상징되는 개인주의적 라이프 스타일이 확산되기 시작한 2000년대 한국 사회의 일상적 단면을 상징적으로 보여준다. "궁핍한 자취생"이자 "그 무엇도 아닌" 존재에게 편의점에서의 소비는 잠시나마 자신의 남루를 잊고 자신을 평범한 서울 시민이자 소비자가 되게 한다. 그러면서도 편의점은 '나'가 누구인지 묻지 않는다. 왜냐하면 편의점의 관심은 "내가 아니라, 물, 휴지, 면도날이"기 때문이다. 그런 점에서 편의점의 "거대한 관대"는 사실상 거대한 무관심에 다름 아니다. 상품의 교환 관계만 있을 뿐 개인에게는 무관심한 공간, 다른 존재와의 유의미한 상호작용이 이루어지지 않는 공간, 따라서 개개인의 개별성은 삭제되는 공간이다. 김애란 소설에서 '편의점'은 개방된 원룸 혹은 확장된 고시원이다. 김애란 소설 속의 고시원과 편의점은 그렇게 남루한 개인주의자들의 2000년대식 일상을 요약한다.

그러나 김애란은 우울하거나 비참한 1인용 삶을 그리는 데서 멈추지 않는다. 이런 비참과 절망을 그리는 데 그친다면 그것은 김애란의 소설일 수 없다. 김애란의 인물들은 자기가 처한 남루한 현실을 분명히 의식하고 있다. 그러나 그들은 그런 비참한 현실에 절망하기보다 자기 나름의 방식으로 대처한다. 그 방식이란 바로 농담과 상상, 혹은 거짓말의 전략이다. 그것은 자기의 상처와 아픔조차 가볍게 허구화하는 방법론이다. 그 방법론은 자기 존재의 기원에 관한 상상적 스토리텔링이 돋보이는 가족극에서 특히 그 위력을 발휘한다.

예컨대 표제작인 「달려라, 아비」를 보자. '나'는 택시 운전을 하는 어머니와 단둘이 사는 소녀. 아버지는 어머니와의 섹스를 위해 단 한 번 성실하게 뛰었지만 뒷감당이 무서워 가족에게서 도망쳤다. 그러나 결코 아버지를 원망하지 않는다. 오히려 상상 속에서 아버지를 "분홍색 야광 반바지 차림"으로 전 세계를 뛰어 돌아다니는 모습으로 탈바꿈시킨다. '나'를 버리고 도망간 아버지는 상상 속에서 그렇게 우스꽝스러우면서도 사랑스러운 러너(runner)로 재탄생한다. 또다른 소설 「사랑의 인사」 속의 아버지는 또 어떤가. 그 아버지는 어린 '나'에게 『세계의 불가사의』라는 책을 쥐여준 채 유원지에 '나'를 버리고 도망갔다. 그러나 '나'는 자기가 버림받은 것이 아니라 "아버지가 실종되었다"고 상상한다. 그렇게 "나는 자라 어른이 되었고 아버지는 사라져 미스터리가 되었다". 그러니 이 아버지들에게 어떻게 죄를 물을 수 있겠는가.

김애란 소설에서 아버지의 무능함과 무책임함은 이런 방식으로 순화된다. 무책임한 아버지를 철모르는 아버지로 전도(顚倒)함으로써 비로소 '나'는 아버지 없는 비참한 현실을 견딜 수 있게 된다. 그러나 과연 이런 주관적 상상만으로 현실의 모순들이 극복될 수 있을까? 혹 이런 방법이 자기의 모든 무능과 잘못을 IMF 탓으로 돌리는 '나쁜' 아버지들에게 면죄부를 주는 것은 아닐까? 아니, 어쩌면 "나는 결국 용서할 수 없어 상상한 것이 아닐까".

이것은 비참한 개인주의자들이 남루한 삶의 결핍을 견디는 허구화 전략이다. 그렇다면 이것은 단순한 자기위안의 제스처로서의 정신승리법인가? 그렇지 않다. 루쉰의 『아큐정전』에서 아큐의 정신승리가 현실과는 아무런 관련도 맺지 못한 채 오직 망상과 환상 속에서만 작동하는 자기도취적 기제였다면, 김애란의 인물들은 그와 다르다. 김애란의 소설에서 정신승리는 자기가 처한 비참한 현실에 대한 냉정한 인식 위에서 작동된다는 점에서 대단히 현실적이다. 거꾸로 현실 또한 허구를 통과한 다음에야 새롭게 구성될 수 있다. 「종이 물고기」는 이러한 현실과 허구 사이의 긴장 관계를 소설 장르에 대한 탐색과 결합시킨 소설이다.

"보증금 100에 월 10"을 주고 구한 옥탑방에서 소설가 지망생인 '나'는 자신을 둘러싼 '창백한 벽면'을 글자들로 채운 포스트잇으로 붙이기 시작한다. 그 작업은 천장을 포함한 다섯 개의 면을 대상으로 일정한 순서에 따라 이루어진다. '자기가 읽은 책의 구절→자기 이야기→세상의 소음→한 편의 소설' 순서로 진행된 이 소설 창작 프로젝트가 완성되는 순간, "그는 그 방 전체가 하나의 종이비늘이 달린 물고기가 되어 부드럽게 세상을 헤엄쳐 다니는 상상"을 하게 된다. 게다가 방바닥 여기저기 모래가 흩어져 있는 것을 보고 자신이 상상 속에서 만들어낸 종이 물고기가 '진짜'라고 믿게 된다.

그러나 방바닥의 모래는 진짜 바닷모래가 아니라 사실은 금간 벽이 서서히 무너져내리면서 생긴 시멘트 가루였을 뿐이다. 결국 "실금이 논바닥처럼 쫙쫙 갔"던 방은 무너진다. 포스트잇은 사실 벽의 균열을 가렸던 은폐용 가림막에 불과했다. 그러나 정말 그것뿐인가? 진실은 정반대다. 왜냐하면 소설에서 현실은 역설적이게도 "종이 물고기"라는 허구를 통과한 다음에야 비로소 그 참혹함을 적나라하게 드러내기 때문이다. 아울러 그렇게 참혹한 잔해 위에서야 비로소 종이 물고기는 "가쁘게, 그러나 팔딱팔딱" 생명의 긍정을 표출하면서 숨쉴 수 있게 된다. 그것은 결핍을 통해서만 작동되는 허구의 힘이다.

김애란 소설에서 긍정과 이해의 미덕은 그래서 상투적이지 않다. 절망과 비애를 감싸 안는 성숙한 농담과 상상의 세계. 이것이 김애란의 2000년대식 정신승리법이다.

⑭

김훈


『남한산성』
2007, 학고재

# 살아남음의 치욕과 '끼니'의 비애

병자년(1636)의 나날을 『조선왕조실록』은 시종 이렇게 적고 있다. "임금은 남한산성에 있다." 병자년 겨울, 임금은 남한산성에 있었다. 김훈의 역사소설 『남한산성』은 바로 그 참담한 역사적 사실의 현장을 집요하게 파고든 소설이다. 도성을 버린 임금이 남한산성에 피신해 고립됐다. 주전(主戰)과 주화(主和)를 간언하는 대신들의 공허한 말들이 부딪치고 성을 지키는 군병들은 혹심한 추위와 굶주림에 지쳐간다. 성문을 열고 나가거나 안에서 버티거나, 청의 황제가 오거나 안 오거나, 살아서 죽거나 죽어서 살거나, 어차피 길은 하나, 사태는 속수무책이다. 김훈의 『남한산성』은 성안에서 조선을 침략한 청병(淸兵)과 대치하다 결국 청의 황제 앞에 머리를 찧고 조아린 그 47일간의 고립과 치욕의 역사를 기록했다.

『남한산성』의 김훈은 문제적인 작가다. 김훈의 소설에 대해선 찬사만큼이나 거부감도 만만치 않고 그를 평가하는 명칭도 극명하게 갈린다. 탐미주의자, 문체주의자, 리얼리스트, 보수주의자, 파시스트, 여성혐오론자 등등…… 김훈과 그의 소설을 둘러싸고 서로 격렬하게 부딪치는 이 다양한 명명 자체가 이미 2000년대 소설계에서 그의 논쟁적인 문제성을 그대로 대변한다. 거꾸로 보면 이는 김훈 소설의 대중적 영향력이 그만큼 강력했음을 반증한다. 실제 김훈의 역사소설은 2000년대 독서 시장을 뒤흔들었다.『칼의 노래』에서『현의 노래』를 거쳐『남한산성』으로 이어진 김훈의 역사소설 열풍은 2000년대의 시대적 징후라 할 만했다. 특히 적 앞에 홀로 선 이순신의 고독한 싸움의 허무를 그린『칼의 노래』는 열렬한 대중적 호응을 불러일으켰다. 노무현 전 대통령이 탄핵 소추 후『칼의 노래』를 읽어 화제가 되었고 그후 많은 이가 그 탐독의 대열에 줄 서 동참했던 일화는 잘 알려진 사실이다.

『남한산성』도 못지않았고 100쇄를 넘어설 정도로 지속적인 대중적 지지를 확보했다.『남한산성』은 김훈의 앞선 두 역사소설을 관통하는 특징을 그대로 이어받는다. 배경은 전쟁이다.『칼의 노래』가 임진왜란을,『현의 노래』가 신라의 가야 정벌 전쟁을 무대로 한 것처럼『남한산성』또한 병자년의 호란(胡亂)을 무대로 삼는다. 김훈의 소설이 그리는 전쟁은 의미와 가치가 제거된 참혹의 세계다. 이념과 명분과 당위 따위는 그곳에 존재하지 않는다. 거기엔 오직 무자비한 살육과 무의미한 죽음만이 가득하다. 살이 찢기고 목이 잘리며 피가 튀는 도륙의 풍경을 묘사하는 작가의 시선은 시종일관 냉담하다. 전란의 장소는 언제 끝날지 알 수 없는 무의미한 싸움을 견뎌야 하는 곳이고, 어떻게든 살아남기 위해 치욕을 무릅써야 하는 곳이다. 다름 아닌 그곳이 지옥이다. 홀로 이 지옥을 견디는 자의 고독한 신음과 냉정한 허무가 김훈의 소설을 지배한다.

김훈의 역사소설은 그래서 민족주의 이념이나 민중적 세계관이 끌어갔던 기존의 수다한 역사소설과는 판이하다. 김훈은 역사적 사실에 대한 충실하고 정확한 재현이나 관념적 해석 따위엔 관심이 없다. 그가 그리는 역사란 그저 자신이 생각하는 한국적 삶의 어떤 본질을 투사하는 대상일 뿐이다. 김훈의 저 지옥이란 어디인가? 그곳이 바로 오늘의 한국이다. 그에 따르면 삶은 전쟁터다. 그곳엔 오직 약육강식의 생존 논리만이 지배한다. 『남한산성』의 최명길은 그 세상의 이치를 이렇게 말한다. "강한 자가 약한 자에게 못할 짓이 없고, 약한 자 또한 살아남기 위하여 못할 짓이 없는 것이옵니다." 세상은 그런 곳이다. 하여 운명처럼 주어진 무의미한 싸움을 지속하며 치욕을 무릅써야 하는 곳, 그래서 살아남음의 무참함을 홀로 견디면서 울음을 삼키며 신음해야 하는 곳, 그럼에도 불구하고 어떻게라도 살아내야 하는 곳. 그 삶의 전장(戰場)이 작가가 생각하는 지금 이곳의 본질이다.

『남한산성』의 성안이 바로 그곳이다. 김훈의 『남한산성』은 단지 민족의 치욕을 환기하는 역사소설이 아니다. 이 소설엔 외세에 짓밟힌 치욕에 대한 민족주의적 의분(義憤) 따위는 존재하지 않는다. 주전파와 주화파의 시시비비도 이 소설의 관심사가 아니다. 그것은 아무래도 상관없다. 어찌되든 마찬가지다. 이 소설은 그저 어떻게 혹한과 굶주림과 죽음의 공포와 치욕을 헤쳐내고 살아남았는가의 기록이다. 무서운 것은 성을 포위한 적병이 아니다. 적보다 무서운 것은 몸을 얼리는 추위와 맹렬한 허기 앞의 무방비이고, 냉정하고 잔인한 자연의 순환 앞의 속수무책이다.

어둠 저편 가장자리에 보이지 않는 적들이 자욱했다. 이십만이라고도 했고, 삼십만이라고도 했는데, 자욱해서 헤아릴 수 없었다. 적병은 눈보라나 안개와 같았다. 성을 포위한 적병보다도 저녁이 되고 아침이 되면서 종적을 감추는 시간의 대열이 더 두렵다는 것을 누구나 알고 있었다. 아무도 아침과 저녁에서 달아날 수 없었다. 새벽과 저녁나절에 빛과 어둠은 서로 스미면서 갈라섰고, 모두들 그 푸르고 차가운 시간의 속을 들여다보고 있었다. 임금은 남한산성에 있었다.

아무도 시간의 대열에서 도망칠 수 없다. 그 잔인한 시간 앞에서 모두는 속절없이 무력하다. 다만 임금이 남한산성에 있다는 그 참담한 사실만이 오롯할 뿐. 그런데 그 시간이란 대체 무엇의 이름인가? 그것은 먹고 자고 몸을 부지해야만 목숨을 이어갈 수 있는 냉엄한 자연의 이치와 직결된다. 그것은 성안에 고립돼 어쩔 수 없이 목전에 당면한, 피할 수 없는 고통이다. 그 고통을 무릅쓰고 성안에서 버틸 수 있는지, 아니 버텨야 하는 것인지, 영의정 김류는 생각한다.

백성의 초가지붕을 벗기고 군병들의 깔개를 빼앗아 주린 말을 먹이고, 배불리 먹인 말들이 다시 주려서 굶어 죽고, 굶어 죽은 말을 삶아서 군병을 먹이고, 깔개를 빼앗긴 군병들이 성첩에서 얼어 죽는 순환의 고리가 김류의 마음에 떠올랐다. 버티는 힘이 다하는 날에 버티는 고통은 끝날 것이고, 버티는 고통이 끝나는 날에는 버티어야 할 아무것도 남아 있지 않을 것이었는데, 버티어야 할 것이 모두 소멸할 때까지 버티어야 하는 것인지 김류는 생각했다.

이것은 도저히 어떻게 손써볼 수도 없는 속수무책의 상황이다. 적병의 거대한 위력이 피할 수 없는 것처럼, 이 절박한 생존의 고통이 또한 그런 것이다. 그리고 그 둘은 하나다. 『남한산성』의 인물들은 누구할 것 없이 이 어쩔 수 없는 진실에 압도되고 전율하고 신음한다. 이들에 따르면, 어쩔 수 없는 것은 어쩔 수 없는 것이다. 영의정 김류도 말한다. "부딪쳐서 싸우거나 피해서 버티거나 맞아들여서 숙이거나 간에 (……) 세상은 되어지는 대로 되어갈 수밖에 없을 것이옵니다." 어떻게든 결론은 마찬가지다. 『남한산성』의 지배적인 정조는 이렇게 주체를 압도하는 피할 수 없는 운명 앞에서 무력하게 신음하는 자의 도저한 체념이다. 그리하여 『남한산성』의 주제는 이 한마디로 요약된다. "참혹하여 무슨 말을 더 하겠는가. 다만 당면한 일을 당면할 뿐이다." 삶은 더이상 어찌해볼 수 없는 것이고, 다만 당면해 살아갈 뿐이다.

김훈의 소설에 따르면 인간이란 그런 존재다. 압도적인 현실과 생존의 논리 앞에서 무력하게 삶의 치욕을 견디며 살아갈 수밖에 없는. 여기엔 어떤 대의도 명분도 개입할 여지가 없다. 이 잔인한 사실을 가리는 말과 언어와 관념이란 모두 공허한 말장난에 불과하다. 『남한산성』에서 작가는 허공에서 공허하게 부딪치는 대신들의 말을 기록할 가치도 없는 "기름진 뱀"의 언어로 비유하며 냉소한다.

중요한 것은 어쩔 수 없는 현실을 어쩔 수 없는 것으로 받아들이고 어떻게든 목숨을 부지해 살아남는 것이다. 무슨 짓을 해서든 먹어야 하고 먹어야 목숨을 부지할 수 있다. 김훈이 말하는 이 생물학적 진실의 표현이 바로 '끼니'다. 끼니의 생태학이라 해도 될 만큼 『남한산성』에 먹고 먹이는 장면이 시종하는 것은 바로 그런 인식의 표현이다. 말을 죽여 주린 군병을 먹이고, 백성의 초가를 헐어 죽어가는 말을 먹인다. 임금도 먹고 말도 먹고 군병도 먹는다. 김훈의 『남한산성』은 그렇게 비루하지만 가벼이 할 수 없는, 그냥 그렇게 먹고 살아내는 일의 비애를 기록한다.

『남한산성』의 이런 면모는 1997년 IMF 구제금융 이후 본격화된 무한 경쟁의 와중에 나날의 생존을 걱정해야 했던 2000년대 대중의 삶의 불안 및 비애와 흥미로운 접점을 형성했다. 주어진 현실은 어쩔 수 없는 것이고 다만 그 안에서 살아남는 것만이 지상의 가치다. '먹고 살아야 한다'는 생존의 절박함에 압도된 대중의 의식은 그 비루한 생존의 비애를 비장한 톤으로 미학화하는 김훈의 소설에 자연스럽게 동화되고 위안받았다.

먹고사는 것이 더 중요하다. 그것만이 영원하다. 김훈이 생각하는 인간은 그런 존재다. 그러나 인간은 그런 존재가 아니다. 김훈이 생각하는 그런 인간의 현실이란 또하나의 자기중심적 관념이자 이데올로기에 불과하다. 김훈 소설의 미학은 그렇게 맹목적인 '먹고사니즘'을 정당화하는 2000년대의 속물주의에 맞춤한 알리바이를 제공했다.

⑮

# 김연수

『네가 누구든 얼마나 외롭든』
2007, 문학동네

# 그렇습니까? 사랑입니다

1989년 11월 베를린 장벽이 붕괴됐고 1990년 독일이 통일됐다. 1991년 4월 쇠파이프를 동원한 백골단의 폭력 진압으로 대학생 강경대가 살해됐고 그해 5월 숱한 이들이 자기 몸을 불살라 독재에 항거했다. 1990년대는 그렇게 시작됐다. 세계사적 대격변의 충격이 한국 사회를 강타하고 민주화운동의 불꽃이 장렬하게 연소해가던 시절이었다.

김연수의 장편소설 『네가 누구든 얼마나 외롭든』(이하 '네가 누구든')은 그 시절을 배경으로 펼쳐진다. 그 뜨거웠던 정치적 시절의 이야기를 그리는 작가의 방식은 그러나 지극히 사적이다. (황지우의 시에서 따온) 작가의 표현을 그대로 빌리자면, 이 소설의 이야기는 "대뇌와 성기 사이"의 언어로 쓰였다.

운동권 대학생 '나'가 있다. '나'는 정민과 연애를 시작했고 혼란스러운 정국 속에서 방황하다 입북 예비 대표에 자원해 독일 베를린으로 떠난다. '나'는 그런 방식으로 시대의 거대한 우울을 외롭게 떠안기로 한다. 베를린에서 지도부의 결정을 초조히 기다리던 '나'는 우연히 '그 누구의 슬픔도 아닌'이라는 제목의 비디오테이프를 발견한다. 한 사내가 그 안에서 놀라운 이야기를 들려주고 있었다. 떠돌이 일용노동자였던 그가 광주에서 분신한 한기복의 옆에 있다 체포돼 풀려난 뒤 사기와 엽색 행각을 벌이다 다시 안기부에 포섭돼 강시우라는 이름으로 신분 세탁을 한 후 프락치로 활동하게 됐다는 이야기. 그뒤 '나'는 다큐멘터리 감독이 된 강시우를 실제로 만난다. 그리고 그 둘의 만남을 중심으로 다시 여러 갈래로 떠오르고 분기되는 다양한 사람들의 수많은 이야기.

큰 가닥만 추렸지만 '네가 누구든'은 사실 줄거리를 쉽게 요약할 수 있는 소설이 아니다. 아니, 그런 식의 줄거리 요약이 그다지 의미 없는 소설이다. 오히려 소설은 하나로 모이거나 추려지지 않는 수많은 이야기가 우연을 매개로 느슨하게 결합돼 있다. 징용에서 돌아와 간척 사업을 구상하다 간첩으로 몰려 고초를 겪는 '나'의 할아버지, 촉망받는 인재였으나 어느 날 우연한 사건에 휘말려 미래를 망치고 몽상에 잠겨 살다 결국 자살하는 정민의 삼촌, '히로뽕' 제조와 밀수출에 뛰어들어 결국 비참한 결말을 맞는 강시우의 조부와 부친, 그리고 조선의 불이농촌에서 태어나 자란 (강시우의 연인인) 레이의 아버지 사토 사부로. 그리고 아우슈비츠에서 기타를 연주하던 헬무트 베르크에서 심지어 브레히트와 벤야민까지. 이 다기한 곁다리 이야기들이 중간중간 끝도 없이 분기하고 가지를 쳐나간다. 이 소설은 그 무수한 이야기의 성좌다(평론가 김형중은 이 소설이 별자리 그리기의 원리에 따라 쓰여졌다고 지적했다).

1904년에서 1992년에 이르는 시간과 한국, 일본, 네덜란드와 독일을 아우르는 공간 속에 아무 연관 없이 흩어져 있는 이들의 이야기가 거미줄처럼 얼기설기 얽혀 어디선가 우연히 만나고 연결된다. 나의 삶이 누군가의 삶과 겹쳐지며 모두의 삶은 기묘한 방식으로 서로 연결된다. 때론 입체 누드 사진이, 때론 '히로뽕'이, 그들을 연결시킨다. 그 모두의 삶을 이어주는 것은 '우연'이다. 삶은 불가항력적인 우연의 연속이다. 그 우연과 우연이 만나고 나의 삶이 다른 삶과 겹쳐지며 그것이 모여 하나의 큰 이야기를 만들어낸다. 김연수에 따르면, 그것이 역사다. 역사란 필연의 산물이 아니라 그런 우연한 겹침과 마주침이 만들어낸 우연의 집적이다. 삶의 진실은 공적 역사 속에 있지 않고 점점이 흩어진 우연 속에, 예측할 수 없는 그 우연의 겹침 속에만 존재한다.

'네가 누구든'이 들려주는 기나긴 이야기의 시작에 놓인 할아버지의 삶도 그렇다. 학병으로 징집돼 태평양제도의 어느 섬까지 내려갔다

가까스로 돌아왔으나 간첩 조작 사건에 휘말려 출소한 뒤 곧 세상을 버린 할아버지. 그는 죽기 전, "한국현대사의 모든 격동기를 온몸으로 지나온 한 남자의 생애를 담은 203행의 대서사시"를 비장하게 써내려 갔다. 그 시엔 기미년에 태어나 "태평양전쟁, 한국전쟁, 4·19, 5·16 등 한국현대사의 최중심지를 관통해온 삶이 4·4조 운율에 실려" 있었 다. 그러나 거기에 할아버지의 진짜 일생은 존재하지 않았다. "거기에 는 그간 할아버지가 흘린 눈물이 몇 방울이었는지, 얼마나 기나긴 길 을 혼자서 걸어야 했는지, 한 남자의 일생에 몇 켤레의 신발이 필요했 는지에 대해서는 나와 있지 않았다." 오히려 할아버지의 일생은 다른 곳에 있었다. 그가 죽기 전 불태워버린 산문 형식의 글에, 그리고 그가 남긴 불에 그을린 입체 누드 사진 속에.

왜 할아버지는 한국인이라면 누구나 이해할 수 있는, 어떻게 보면 너무 나 뻔해서 오히려 거짓말에 가까운 대서사시를 우리에게 남겨두고, 자신의 사적인 감정을 토로한 그 글은 몰래 불태워버린 것일까? 그 글은 함께 불태 워버리려고 했던 입체 누드 사진처럼 너무나 개인적인 경험들로 가득차 있 었기 때문이리라. 할아버지의 일생은 바로 거기에 있었으리라. 그러니까 단 하나의 실낱같지만 확실한 그 무엇에.

"단 하나의 실낱같지만 확실한" 그 삶의 진실을 기억하는 건 불타기 전 살아남은 여인의 누드 사진이다. 그것은 은밀하고 사사로운 사물이다. 김연수의 소설에서 그 사물은 여러 모습으로 등장했다. 그것은 자살한 여자친구가 죽기 전에 읽은 『왕오천축국전』(「다시 한 달을 가서 설산을 넘으면」)이기도 하고, 실종된 아버지의 연기를 담은 기록 필름 (「달로 간 코미디언」)이기도 하며, 인물만 찍던 죽은 사진작가가 처음이자 마지막으로 남긴 기념사진(「네가 누구든 얼마나 외롭든」)이기도 하다. 그 사물들만이 저들의 진실을 기억한다. 거기 깃들어 있는 건 그 누구에게도 이해받을 수 없는 진실이다. '네가 누구든'에서 할아버지가 남긴 입체 누드 사진이 그와 같은 것이다. 그래서 '나'는 말한다. "할아버지가 어떤 삶을 살았는지 정확하게 아는 건 우리가 아니라 그 입체 누드 사진 같은 사물들뿐이다."

두 눈을 멀리 떼어놓고 눈의 초점을 흐리면 환영처럼 여인의 나체가 떠오르는 입체 누드 사진. '네가 누구든'은 그 입체 누드사진의 진실을 찾아가는 이야기다. 모든 일은 그 입체 누드 사진 한 장에서 시작됐다. '나'와 정민의 사랑도 그 입체 누드 사진을 보러 가자는 정민의 제의에서 시작됐고 '나'와 강시우와 그들 각자 선친들의 운명을 기묘하게 하나로 이어주는 것도 바로 그 사진이니까.

"더 중요한 건 그 입체 누드 사진이에요." '나'가 강시우에게 말한다. "당신의 아버지가 죽어가는 그 순간까지도 놓지 않았던 그 입체 누드 사진, 그리고 제 할아버지가 생의 마지막 순간에 불태우려고 했던 그 입체 누드 사진 말이죠." 그 입체 누드 사진의 진실은 무엇인가? 실은 그것이 대체 어떤 의미를 갖는 것인지는 중요치 않다. 다만 중요한 건 이런 것이다. 우리 인생의 이야기는 그 사사롭고 하찮은 사물에 깃든 다는 것, 그리고 우리가 없어져도 그 사물은 남아 우리의 이야기를 들려준다는 것, 그 진실을 알고 난 뒤엔 이미 모든 게 돌이킬 수 없다는 것, 그것이 인생이라는 것.

그리고 또하나. 남겨진 사물들이 보내는 알 수 없는 신호의 의미에 가닿고자 하는 안간힘이 우리를 하나로 이어준다. 그 신호들은 그렇게 서로 연결되기를 애타게 기다리고 있다. 마치 서로 연결되고자 하는 소망으로 어두운 하늘을 가득 메운 별들처럼.

하늘에는 연결되기를 기다리는 별들로 가득했다. (……) 할아버지의 입체 누드 사진을 들여다볼 때처럼, 무의미한 듯 밤하늘에 흩어져 있던 별들이 하나들 서로 연결되면서 손에 잡힐 듯한 생생한 형상으로 떠오르고 있었다. 별들은 오직 서로 연결되고자 하는 소망의 힘으로, 우주가 태어나면서부터 지금까지 그렇게 밤하늘을 지키고 있었던 것이다.

우리가 외롭다고 느끼는 바로 그 순간에도 저 신호들은 존재한다. 그것은 서로 연결되고자 하는 소망으로 가득한, 그렇게 "누군가에게 들려주기 위해 온 세상을 가득 메운 목소리들"이다. '네가 누구든'은 점점이 명멸하는 그 신호를 읽어내 수많은 목소리를 하나로 이어주려는 서사적 노력이다. 그것은 또한 끊임없이 다른 모습으로 바뀌어가는 우리의 삶을 하나의 이야기로 이어놓으려는 노력이기도 하다. 그리고 그 둘은 하나다. 왜 그렇게 이어야 하는가? 그럼으로써 사랑의 기적이 완성되기 때문이다.

사랑은 입술이고 라디오고 거대한 책이므로. 사랑을 통해 세상의 모든 것들이 내게 말을 건네므로. 그리고 이 세상 모든 것들이 그 입술을 빌려 하는 말은, 바로 지금 여기가 내가 살아가야 할 세계라는 것이므로. 그리하여 우리는 이 세계의 모든 것들과 아름답게, 이토록 아름답게 연결되므로.

'네가 누구든'은 우리에게 말을 건네는 세상의 저 모든 것들에 가닿고자 하는 마음의 기록이다. 김연수의 소설은 어쩌면 불가능할지 모르나 포기할 수는 없는, 보이지 않는 그 가능성을 최선을 다해 상상하는 소설이다. 그리하여 그의 소설은, 가능을 소망하는 불가능한 연애의 기록이다.

⑮

# 한강

---

『채식주의자』
2007, 창비

# 저들의 고통이 내 몸안에 있다

너무도 당연하지만 쉽게 간과하는 사실 하나가 있다. 그것은 바로 '먹는' 행위는 반드시 '먹히는' 대상의 죽음을 전제한다는 것이다. 생명이란 다른 누군가의 죽음을 통해서만 유지된다는 점에서 잔인하고 사악한 것이다. 특히 인간은 생태계 피라미드의 최상위 존재로 지구상의 거의 모든 생명체를 먹어치울 수 있는 강력한 포식자다. 그리고 이 최상위 포식자를 떠받치는 피라미드의 최하층에는 자동화된 공장식 농장에서 대량생산된 소, 닭, 돼지 등이 있다. 인간을 위해 먹거리로 태어나 먹거리로 죽는 존재들. 함부로 다뤄지는 존재들. 그(것)들도 살아 있는 생명이라고 부를 수 있을까? 그리고 인간이 생존을 위해 다른 생명을 사육하고 죽이는 폭력은 정말 아무렇지도 않은, 상식적이고 정상적인 행동이라고 할 수 있을까? 이것이 한강의 『채식주의자』 중심에 있는 물음이다.

한강의 『채식주의자』는 「채식주의자」 「몽고반점」 「나무 불꽃」이라는 서로 느슨하게 연결된 세 편의 이야기로 이루어진 연작소설이다. 이 연작은 제목 그대로 육식을 거부하고 채식을 선택한 한 여성의 기이한 변신 과정을 따라간다. 세 편의 이야기를 관통하는 인물은 바로 주인공 영혜다. 각각의 소설은 서로 다른 세 명의 서술자, 즉 영혜의 남편, 형부, 언니(인혜)의 시점으로 영혜의 급격한 변신 과정을 포착한다. "세상에서 가장 평범한 여자"였던 영혜가 어떻게 채식주의자에서 근친상간의 금기를 깬 패륜아로, 그러다가 급기야 스스로를 '나무'라고 상상하는 정신병자로 변화하는지가 그려진다.

영혜는 소설의 주인공이면서도 자신의 정신적·육체적 변화를 정작 자기 입으로는 말하지 못한다. 그녀에겐 말하는 입이 박탈되어 있다. 그녀는 오직 다른 사람들의 눈을 통해 보여지고 이야기되는 존재로만 그려진다. 그래서 무슨 일이 일어나는가? '채식주의자–식물적 육체–나무'로 이어지는 영혜의 탈인간 프로젝트는 그 자체로 하나의 알 수 없는 수수께끼이자 암호가 된다. 영혜는 어쩌다 이렇게 되었나? 『채식주의자』에서 가장 끔찍하고 고통스러운 장면을 보자.

아버지는 녀석을 나무에 매달아 불에 그슬리면서 두들겨 패지 않을 거라고 했어. 달리다 죽은 개가 더 부드럽다는 말을 어디선가 들었대. 오토바이의 시동이 걸리고, 아버지는 달리기 시작해. 개도 함께 달려. 동네를 두 바퀴, 세 바퀴, 같은 길로 돌아. 나는 꼼짝 않고 문간에 서서 점점 지쳐가는, 혈

떡이며 눈을 희번덕이는 흰둥이를 보고 있어. 번쩍이는 녀석의 눈과 마주
칠 때마다 난 더욱 눈을 부릅떠.

　나쁜 놈의 개, 나를 물어?

　(……) 개에 물린 상처가 나으려면 먹어야 한다는 말에 나도 한입을 떠넣
었지. 아니, 사실은 밥을 말아 한 그릇을 다 먹었어. 들깨냄새가 다 덮지 못
한 누린내가 코를 찔렀어. 국밥 위로 어른거리던 눈, 녀석이 달리며, 거품
섞인 피를 토하며 나를 보던 두 눈을 기억해. 아무렇지도 않더군. 정말 아무
렇지도 않았어.


　부드러운 육질을 위해 개를 오토바이 뒤에 매달아 개가 죽을 때까
지 동네를 달리고 그렇게 해서 죽은 개를 마을 사람들이 모여들어 잔
치를 벌이듯이 먹어치운다. 이 장면은 먹는 일이 얼마나 폭력적일 수
있는지를 상징적으로 보여준다. 사람들은 죽어가는 개의 고통스러운
얼굴에 주목하지 않는다. 오직 영혜만이 "녀석의 덜렁거리는 네 다리,
눈꺼풀이 열린, 핏물이 고인 눈을" 뚫어지게 응시한다. 그녀는 말한다.
"정말 아무렇지도 않았어." 아무렇지 않았음을 한사코 강조하는 영혜
의 이 말은 죽어가는 개의 고통스러운 얼굴이 영혜에겐 결코 잊을 수
없는 트라우마로 남았음을 역설적으로 항변한다. 문제는 이 세계가
이미 이런 폭력적인 질서에 의해 지탱되고 있다는 점이다. 고도로 문
명화된 질서를 떠받치는 것은 먹지 않으면 먹힌다는 야만적인 생존의
논리였던 것이다. 그래서 불면과 거식으로 바싹 마른 영혜를 향해 그

녀의 어머니는 이렇게 외쳤는지도 모른다. "네 꼴을 봐라, 지금. 네가 고기를 안 먹으면, 세상 사람들이 널 죄다 잡아먹는 거다."

따라서 이 소설의 핵심 키워드는 채식 그 자체가 아니라 채식을 비정상적인 것으로 간주하고 억압하는 '상식'과 '원칙'이라는 이름의 폭력이다. 특히 『채식주의자』에서 이러한 폭력은 가부장제적 가족주의와 결합하면서 더 첨예하고 적나라하게 드러난다. 폭력적인 아버지, 그녀를 이해하려고 하지 않는 남편, 그리고 사랑이라는 이름으로 딸을 기만하는 어머니. 이들은 육식을 거부하는 건 비정상이라고 생각한다. 육식(엄밀히 말하면 잡식)은 "정신적으로나 육체적으로나 원만하다는 증거"이자 화목한 가족관계를 유지하기 위해 요구되는 최소한의 규범과 질서다. 『채식주의자』에서 채식의 의미는 따라서 단순히 육식을 거부하는 것이 아니다. 그것은 오히려 육식으로 대변되는 인간중심적, 남성중심적 질서에 대한 거부다. 그것은 또한 정상과 비정상을 가르고 끊임없이 '정상적'이기를 강요하는, '원칙'과 '상식'의 이름으로 행해지는 한국 사회의 저 모든 일상의 폭력에 대한 강렬한 비판이다.

이 소설에서 채식은 또한 자기 바깥의 존재들과의 관계 맺기에 대한 고민과도 이어진다. 고통스럽게 죽어가는 저 생명들을 어찌할 것인가? 이는 나의 생명을 위해 죽어가는 타자의 고통에 대한 연민이나 공감과는 다르다. 왜냐하면 연민이나 공감은 자기의 입장에서 타자의 고통과 일정한 거리를 취해야만 가능한 자기중심적인 정서일 수밖에 없기 때문이다. 그렇다면 우리는 어떻게 타자의 고통에 가닿을 수 있는가? 나아가 우리는 어떻게 우리 바깥의 존재와 교감할 수 있는가? 그것은 우리가 타자적 존재가 됨으로써만 가능한, 불가능한 미션이 아닐까?

소설은 이런 물음을 안고 영혜의 '식물-되기'의 상상력을 향해 뻗어간다. 식물이 된다는 건 '자기'를 버리고 자기 스스로 아예 타자가 되어버림을 의미한다. 한강을 비롯한 많은 작가에게 식물 되기의 상상력은 동물성으로 대변되는 인간중심적 가치에 대한 문명론적 비판을 위해 자주 동원됐다. 특히 한강은 전작인『내 여자의 열매』에서 답답한 도시의 일상적 삶에 속박당한 한 여성의 절망과 좌절을 식물 되기라는 "비현실적이고 낭만적인 몽상"의 방식으로 재현했다. 소설 속 '그녀'는 완전하게 식물로 변신하고 그녀의 남편은 식물이 된 그녀를 화분에 심는다. 그러나『채식주의자』에서 이러한 행복한 변신은 불가능하다. 오히려 영혜는 육식을 강요하는 가족 앞에서 괴성을 지르며 칼로 자기 손목을 긋는다. 그녀는 점점 이해할 수 없는 존재, 즉 말 그대로 타자가 된다.

연작의 두번째 소설인「몽고반점」에서 형부인 '그'의 예술적·성적 충동을 불러일으킨 영혜의 몽고반점은 그런 점에서 타자적 존재로서의 표식(혹은 낙인)이다. 영혜의 몸에 뚜렷하게 남아 있는 몽고반점은 "태고의 것, 진화 전의 것, 혹은 광합성의 흔적 같은 것"으로 그려진다. 이는 그녀가 인간 이전으로 퇴화하기 시작했을 뿐만 아니라 점차 현실 사회에서 이해받기 어려운 낯설고 이질적인 존재로 변모하기 시작했음을 암시한다. 예술적 퍼포먼스를 표방한 영혜와 형부('그')의 정사는 결국 영혜가 규범적·도덕적 가치체계로부터 완전히 일탈하게 되었음을 분명히 한다.

그리하여 연작의 세번째 소설 「나무 불꽃」에 이르러 영혜는 스스로를 식물(나무)이라고 착각하는 정신병자가 되어 병원에 감금된다. 이제 영혜는 "경계 저편으로 넘어간" 영원한 타자가 된다. 타자의 고통에 괴로워하다가 급기야 그 고통에 전이되어 존재 변이에 이른 영혜는 결국 인간계에서 완전히 추방된다. 그렇다면 우리는 어떻게 영혜(와 같은 존재)를 이해할 수 있는가? 혹시 그것은 불가능한 일이 아닐까?

어쩌면 그럴는지도 모르겠다. 「나무 불꽃」에서 영혜의 언니인 인혜는 나무가 되기 위해 모든 음식을 거부하고 죽음을 향해 달음박질치는 동생의 고통 앞에서 캄캄한 절망을 느낀다. 그럼에도 불구하고 모든 가족이 "이상하고 무서운" 미친 영혜의 곁을 떠날 때 인혜만은 끝까지 옆에 남아 그녀를 돌본다. 영혜가 자기 남편과 예술이라는 이름으로 "상식과 이해의 용량을 뛰어넘는" '짓'을 했음에도 불구하고 인혜는 결코 영혜를 버릴 수 없었다. 오히려 인혜는 수수께끼 같은 영혜의 마음의 심연을 들여다보고 언어화되지 못한 그녀의 외침에 귀기울이려고 노력한다. 「나무 불꽃」에서 영혜는 앞선 두 작품에서보다 더 이해할 수 없는 정신병자가 된다. 그럼에도 불구하고 그녀의 불가해한 내면이 좀더 설득력 있게 제시되는 듯한 인상을 주는 이유는 바로 정상과 비정상, 삶과 죽음의 경계에서 갈등하는 인혜 때문이다.

봄날 오후의 국철 승강장에 서서 죽음이 몇 달 뒤로 다가와 있다고 느꼈을 때, 몸에서 끝없이 새어나오는 선혈이 그것을 증거한다고 믿었을 때 그녀는 이미 깨달았었다. 자신이 오래전부터 죽어 있었다는 것을. 그녀의 고단한 삶은 연극이나 유령 같은 것에 지나지 않았다는 것을. 그녀의 곁에 나란히 선 죽음의 얼굴은 마치 오래전에 잃었다가 돌아온 혈육처럼 낯익었다.

인혜 또한 아버지의 폭력에 길들여져왔으며, 그런 관성으로 삶의 고통과 치욕마저 지우며 견뎌왔던 것이다. 그녀는 분명 언제까지나 성실한 생활인으로 살아갈 것이지만, 때론 자기 "몸뚱이보다 크게 벌어진 상처"의 "구멍 속으로 온몸이 빨려들어가고 있는 것 같"은 강렬한 죽음충동에 사로잡히기도 한다. 왜 그렇지 않겠는가? 우리는 고통을 통해서만 타자의 고통에 일시적이나마 공명한다. 그럴 때라야 우리는 우리 바깥의 존재들과 불가능하지만 포기할 수 없는 연대의 가능성을 상상할 수 있을 것이다. 한강의 『채식주의자』는 그 불가능한 가능성을 조용히 묻고 있다.

# 명작은 시대다

ⓒ 심진경 김영찬 2023

초판 1쇄 인쇄 2023년 12월 1일
초판 1쇄 발행 2023년 12월 15일

지은이 심진경 김영찬
펴낸이 김민정
책임편집 김동휘
편집 유성원 권현승
표지 디자인 박현민
본문 디자인 유현아
저작권 박지영 형소진 최은진 서연주 오서영
마케팅 정민호 박치우 한민아 이민경 박진희 정경주 정유선 김수인
브랜딩 함유지 함근아 고보미 박민재 김희숙 박다솔 조다현 정승민 배진성
제작 강신은 김동욱 이순호
제작처 더블비(인쇄) 신안문화사(제본)

펴낸곳 (주)난다
출판등록 2016년 8월 25일 제406-2016-000108호
주소 10881 경기도 파주시 회동길 210
전자우편 nandatoogo@gmail.com
페이스북 @nandaisart | 인스타그램 @nandaisart
문의전화 031-955-8875(편집) 031-955-2689(마케팅) 031-955-8855(팩스)

ISBN 979-11-91859-65-2 03810